우리들을 잘 부탁해

SANNEN ICHIGO

by Yoko Saso
copyright ⓒ 2004 by Yoko Saso
All rights reserved.
First published in Japan in 2004 by RIRON-SHA CO., LTD., Tokyo
Korean translation rights arranged with RIRON-SHA CO., LTD.
through Gaon Agency, Seoul
Korean translation copyright ⓒ 2008 by Thinking & Feeling CO., LTD.

이 책의 한국어판 저작권은 가온 에이전시를 통한
RIRON-SHA CO., LTD.와의 독점 계약으로 (주)생각과느낌에 있습니다.
저작권법에 의해 한국 내에서 보호를 받는 저작물이므로 무단전재와 무단복제를 금합니다.

우리들을
잘 부탁해

사소 요코 지음
이경옥 옮김

생각과느낌

01

만약 이 세상에 요괴라는 생명체가 존재한다면 그건 바로 우리 담임 선생님일 것이다. 2학년 4반 담임 미나미 선생님은 체육부 소속이며 물리 담당이다. 올해 32세. 독신일 것 같은 수염과 안경. 학교 다닐 때는 미식축구부였다더니 물리 선생님의 이미지와는 정반대로 매우 씩씩하다. 체육부 선생님 하면 딱 떠오르는 모습처럼. 지나치게 씩씩하고 지나치게 단순하고 지나치게 목소리가 크며 명령하길 좋아한다.

"자, 오늘부터 1년간 이 반을 맡게 된 미나미라고 합니다. 우리 반 급훈은 밝고 즐겁고 명랑하게! 자, 자, 여러분 멍하니 있지 말고. 이럴 때는 박수를 치며 '잘 부탁합니다.'라고 해야지. 안 돼, 목소리가 작다. 다시 한 번!"

학기 초 인사치곤 어색하리만치 고조된 긴장감. 그때 이 사람은 아니라는 감이 왔다. 미나미 바이러스는 수업 시작과 동시에 대단한 기세를 떨치기 시작했다. 교단 위에서 의미 없이 펼치는 화려한 동작과 썰렁한 개그 연발, 고문에 가까운 강요된 웃음.

"왜 그래 이시가와? 부루퉁해서는. 내 얘기가 재미없으면 네가 대신 하든지. 자, 괜찮으니까 얼른 앞으로 나와."

첫 번째 목표물이 된 것은 이시가와 아야라는 여학생. 싫다는 데도 굳이 칠판 앞으로 끌어내서는 끝내 울렸다. 이게 4월 끝 무렵의 이야기이다. 5월 견학을 가는 날에는 이동 중인 버스 안에서 두 번째 희생자가 나왔다. 타니구치라는, 말주변이 없고 좀 아둔한 남학생. 척 보기에도 따돌림을 당할 것같이 생긴 여린 타입. 아니 처음에는 미나미 선생님도 타니구치를 신경 써 주었다. 쉬는 시간에 말을 걸기도 하고 체육부 일을 도와 달라고 부탁하기도 했다. 그렇지만 애초에 타니구치는 남보다 반 박자 늦다. 미나미 선생님의 접근에 능숙하게 대응하지 못했다. 원래 그런 성격이니까 그냥 내버려 두면 좋을 텐데, 미나미 선생님은 무슨 이유에선지 타니구치를 내버려 두지 않았다. 체육부가 곧잘 하는 훈련인지도 모른다. 견학이 끝나고 돌아오는 버스에서 노래자랑을 할 때 타니구치에게 마이크를 주며 억지로 노래를 시키려고 했다.

"왜 그래 타니구치? 어서 노래해. 모두 자기 차례를 기다리고 있잖아. 안 부를 거냐? 싫어? 알았다, 그럼 통과. 다음은 타카다!"

그렇게 외치자마자 미나미 선생님은 타니구치가 들고 있던 마이크를 얼른 받아서 타카다에게 주려고 했다. 받아서, 라기보다는 빼앗는다는 느낌이었다. 계속 말하지만 타니구치는 한심한 데다 둔하기까지 하다. 미나미 선생님의 움직임에 맞춰 마이크를 빨리 손에서 놓았어야 했는데 그게 잘 안되어 마이크를 쥔 팔까지 당겨지고 말았다.

"으악!"

엄청난 비명을 지르며 어깨를 잡는 타니구치. 우리 반은 모두 그 순간을 목격했다.

"뭐야, 타니구치. 엄살떨지 마. 탈골이라도 됐냐?"

미나미 선생님은 평소처럼 얼굴에 띠운 미소를 거두지 않았다. 그러나 눈은 웃지 않고 있어 일부러 웃고 있다는 걸 알 수 있다. 나 말고도 우리 반 모두 어렴풋이 눈치 챈 것 같다. 아무리 아무렇지 않은 듯 연기해도 그곳의 분위기로 그런 것쯤은 느낄 수 있다.

그날 이후로 미나미 선생님은 타니구치를 상관하지 않았다. 마음속으로 좀 심했다고 반성한 걸까? 다들 미나미 선생님의 공포가 장난이 아니라는 걸 알기 때문에 물리 수업 시간만큼은 늘 거짓 웃음을 짓는다. 그 뒤, 아무 일도 일어나지 않은 평화로운 6월, 7월이 지나 여름 방학. 무더위가 늦더위로 바뀌자마자 2학기가 시작되었다.

동시에 공포의 스파르타 천국 제2장의 막이 올랐다. 나는 잠시 잊고 있었다. 방심은 금물이라는 것을.

"어이, 키요미즈, 학원은 재미있냐?"

이게 이번 사건의 키 워드이다. 물리 수업 시간에 칠판 필기가 끝나면 미나미 선생님은 자주 교실 안을 왔다 갔다 하며 책상 사이를 감시한다. 1학기 때도 그러기는 했지만 2학기 때는 형태가 달랐다. 뭐랄까, 책상 사이를 감시하는 게 아니라 한 지점을 감시한다. 그 목표물이 된 것이 우등생인 키요미즈. 얌전하고 소극적이고 오로지 성실하기만 한 수재 타입. 자리는 복도 쪽에서 두 번째 분단, 앞에서 네 번째. 하필이면 내 왼쪽 옆 자리이다. 교단에서 내려온 미나미 선생님은 키요미즈 책상 옆에서 딱 멈추어 짐짓 위엄을 부리며 키요미즈의 공책을 살펴본다.
"어이, 키요미즈, 학원은 재미있냐?"
되풀이되는 수수께끼 같은 질문.
"아, 예."
키요미즈는 긍정의 대답 말고는 할 말이 없다.
"으음. 그래? 어쩐지."
미나미 선생님은 도무지 모르겠다는 기색으로 팔짱을 꼈다. 눈길은 공책에 머물렀다. 어떻게 하면 좋을지, 뭐가 뭔지 몰라 혼자서 혼란스러운 키요미즈. 그러는 사이 이상한 변화를 느낀 교실 안은 쥐 죽은 듯 고요해진다.
처음에는 나도 미나미 선생님의 의도를 몰랐다. 키요미즈의 공책 어디가 맘에 들지 않는지, 도대체 공책과 '재미있는 학원'과의 연관성이 무엇인지. 하지만 아주 가까운 곳에서 보고 있었던 덕분에, 어느 날 나는 문득 깨달았다. 키요미즈는 필기 속도가 엄청나게 빠르다. 더구나 손재주가 좋아 공책 여백에 원래의 도표를 그리기도 한다. 그래도 시간이 남아 교과서를 읽는다. 우리 반 아이들 대부분이 아직 필기를 하고 있는 동안에 말이다. 이상하게 여긴 미나미 선생님은 키요미즈가 필기도 하지 않고 놀고 있다고 오해를 하곤 감시한 것이다. 그런데 공책을 보니 웬걸, 뭔가 어수선하게 적혀 있다. 미나미 선생님이 쓴 칠판에는 없는 도표와 자세한 설명까지 덧붙여져서.

'오라. 이건 역시 키요미즈가 다른 데서 만든 공책이로군.'

미나미 선생님은 오해가 오해를 불러일으키는 모양처럼 그렇게 생각한 것 같다. 키요미즈 정도의 우등생이라면 학원에 다니는 건 당연한 일이다. 학원 수업은 대체로 학교보다 선행 학습을 한다.

미나미 선생님은 마음속 어딘가에서 불끈했음에 틀림없다. 학원 강사와 학교 선생님은 여러 의미에서 라이벌이니까. 물론 이건 어디까지나 내 추측이다. 그렇지만 이래야지 앞의 질문의 의미도 산뜻하게 이해된다. 요컨대 저건 기분 나쁘다는 뜻이다. 자신의 수업을 제대로 듣지 않고 학원 공책을 보는 예의 없는 학생에 대해서.

저 봐, 오늘도 또 시작이다. 미나미 선생님이 다가온다. 따각따각 샌들 소리가 정해진 위치에 와서 뚝 끊긴다. 키요미즈는 불안한 예감에 땀을 조금 흘리고 있다. 이젠 다 틀렸다. 당분간 위기 탈출은 할 수 없을 것처럼 보인다. 무엇 때문에 이렇게 되었는지 생각도 하기 전에 벌써 겁에 질려 버렸다.

"선생님, 드릴 말씀이 있는데요."
보다 못해 손을 드는 나.
"뭐냐, 모리시타."
눈을 동그랗게 뜨고 나를 쳐다보는 요괴 선생. 나는 쓱 일어나서 우선은 눈으로 적을 쏘아본다. 그런 뒤에 정의의 영웅처럼 정공법으로 의견을 말한다.
"실례지만 선생님, 뭔가 착각하신 것 아닙니까? 여기는 교실이고 교사는 수업을 해야만 하지 않나요? 그런데 제가 보기엔 선생님은 아무래도 수업보다는 학생들에게 미묘한 압박을 주는 것에 더 흥미가 있으신 듯해서요."
나는 준비한 대사를 거기까지 단번에 말한다. 적에게서 눈길을 떼지 않고 한발도 물러서지 않고 당당하게. 한 여학생의 반란에 교실 안은 조용해지고 미나미 선생님의 얼굴빛은 순식간에 붉어진다.

……라는 것은 내 망상이고 백 퍼센트 사실이 아니다.

키요미즈, 정말 미안해. 도와주고 싶은 마음은 굴뚝같지만 그럴 수가 없어. 쓸데없는 짓을 해서 미나미 선생님한테 밉보이면 나도 큰일이야. 이럴 때는 암튼 둥글둥글하게.

나는 가만히 숨을 죽이고 눈에 띄지 않도록 움츠렸다. 지난번 견학을 다녀올 때 버스 안에서 내 노래 차례를 건너뛰었을 때의 원통함을 떠올리면서. 그래, 혈기 왕성하고 용감한 것은 상상 속의 나일 뿐이다. 현실의 나는 소심하고 티끌만큼의 존재감도 없으며 생각과 행동의 조화가 전혀 이루어지지 않는다. 겉보기와 내용물이 완전히 다른 것이 신기할 것도 없지만 내 경우는 그 차이가 좀 지나치게 크지 않나 싶다.

우리 반 모두는 마른침을 삼키며 일이 어떻게 되어 가는지를 지켜보고 있다. 미나미 선생님은 표적 옆에 딱 들러붙어서 떨어지지 않는다.

"저기요."

긴 침묵을 깨며 누군가가 말했다. 미나미 선생님은 튕기듯 얼굴을 조금 비스듬히 뒤로 돌렸다. 말을 한 것은 키요미즈 바로 뒤에 앉은 여학생. 교칙 위반인 노란 금발을 여봐란듯이 쓸어 올리면서 아니꼽다는 듯 눈썹을 찌푸린 채 미나미 선생님을 노려보고 있다. 나왔다. 우리 학년 으뜸가는 트러블 메이커, 무성한 소문의 시바사키 아사미. 천상천하 유아독존. 입도 걸고 태도도 불량. 게다가 툭하면 싸움질에 무서울 것 하나 없는 아이다. 편의점 앞에서 삼삼오오 모여 있던 고등학생 불량배들에게 백 드롭*을 먹여 강제로 길을 비키게 한 일이라든지, 걸어가면서 담배를 피던 아가씨에게는 뒤에서 겨드랑이 밑으로 양팔을 넣은 후, 목 뒤로 꽉 죄어 꼼짝 못하게 하고 담배를 빼앗아 콧구멍에 비틀어 넣는다든지. 무용담 또한 전혀 손색없는 울트라 중학생급 파이터로서 학교 전체, 아니 학군 전체에서 그 이름을 널리 떨치고 있다.

"뭐냐? 시바사키 아사미."

미나미 선생님은 눈을 동그랗게 떴다. 시바사키 아사미는 그걸 싹 무시하고 앞에 있는 칠판을 가리켰다. 그러고 나서 눈길을 천천히 선생님에게 돌리며 이렇게 말했다.

"뭡니까, 아까부터. 거기 서 있으면 안 보이잖아요."

*프로 레슬링에서 상대의 허리를 뒤에서 감아 자신의 몸을 뒤로 젖혀서 상대를 메치는 기술이다.

02

 심장이 멎는 줄 알았다. 진지한 말투. 마치 미나미 선생님과 맞먹을 듯이 불평을 한다. 하지만 그 덕분에 교실 안의 착 가라앉았던 공기가 단번에 사라졌다. 당사자인 시바사키 아사미는 태연히 미나미 선생님의 태도를 보고 있다.
 "아, 칠판이 안 보여? 그렇구나. 미안하다."
 미나미 선생님은 머리를 긁적이며 곧 자리를 떠났다. 살았다는 표정으로 지켜보던 키요미즈. 미나미 선생님도 아사미만은 쉽사리 어떻게 할 수 없나 보다. 과연 천하무적 싸움 짱 시바사키 아사미, 대단하다.
 너무 놀란 나머지 뚫어져라 보고 있다가 우연히 아사미와 눈이 딱 마주쳤다. 어, 저건 날 째려보는 듯한 느낌인데 그렇다면 눈길이 불쑥 얽힌 이건 필연? 혹시 '키요미즈 옆 자리니까 네가 어떻게든 했어야지.'라고 비난하는 건가?

  '상관없어. 모르는 척하자.'

  나는 뒤를 보지 않고 똑바로 의자를 고쳐 앉았다. 가슴이 콩닥거렸지만 아사미는 그 이상 아무 짓도 하지 않았다. 다행이다. 역시 기분 탓이다. 아사미 같은 애한테 걸리면 학교 뒤쪽으로 끌려가 린치당할 게 틀림없다. 아 참, 깜박 잊었다. 내 이름은 모리시타 나오미. 시바사키 아사미랑 '미'만 똑같은 평범한 여중생이다.

  결국 그날 물리 수업은 더 이상 아무 일도 일어나지 않고 끝났다. 그렇다고 그걸로 문제가 모두 해결된 것은 아니다. 미나미 선생님은 그 뒤로도 키요미즈를 툭툭 건드렸다. 책상 옆에 머무는 시간은 꽤 짧아졌지만 변함없이 키요미즈의 공책을 눈여겨본다. 그건 틀림없이 근본적인 오해가 풀리지 않았기 때문이다. 그렇다고 나 한 사람만 안달복달한다고 사태가 달라지지는 않는다. 아사미는 아사미대로 이후로는 쭉 모르는 척하고 있다. 질렸는지 단념했는지 어쨌든 완전 무시 자세. 대체 진심으로 키요미즈를 도울 생각이었을까? 그렇게 보인 것은 나의 지나친 생각이란 녀석이고 그저 단순히 미나미 선생님이 귀찮았는지도 모른다.

이런저런 일로 신경을 썼더니 아무래도 얼굴에 나타났나 보다.

"나오미, 요즘 힘이 없네. 무슨 안 좋은 일이라도 있니?"

9월 말쯤 동아리 친구인 노노무라가 물었다. 동아리 방 대신 빈 교실에서 보고 회의를 하고 있을 때다.

"어? 아니 없어. 그렇게 보여?"

"응. 하지만 아무 일도 없으면 괜찮아."

덧붙이자면 나는 문예부 동아리이고 노노무라는 동아리 회장이다. 원래 인기가 없는지라 회원 수가 보통 한 자릿수다. 유령 회원까지 포함해서 1학년이 3명, 2학년이 4명이다. 1명 있던 3학년이 올해 4월에 그만두었기 때문에 2학년인 노노무라가 자발적으로 동아리 회장이 되었다. 동아리는 지금 문화제 때 나누어 줄 문집을 만들고 있다. 10월 안으로 편집을 마치고 11월 초에는 책꼴로 만들어 복사, 인쇄하여 문집을 완성시킬 예정이다. 나는 우선 원고 모집 책임자라서 일주일에 한 번 있는 모임에 동아리 회장에게 경과를 보고해야 한다.

"음, 지금까지 모인 원고는 단편 소설 3편과 시 10편, 수필 2편. 쪽수는 아직 여유가 많아. 원고를 안 낸 사람은 유령 회원을 포함해서 3명이고. 쓸 생각이 있는지 없는지 나중에 확인해 둘게. 이상."

보고 회의라고 해 봐야 이런 식이니까 대개 5분도 안 걸린다. 가끔 둘이서 문예부 동아리답게 '재미있었던 책'이나 '좋아하는 작가 베스트 3'에 대해 이야기하기도 하지만. 노노무라는 추리 소설을 좋아해서 읽는 것도 쓰는 것도 추리 소설이다. 한편 나는 현대물보다 1930년대의 시나 수필을 좋아하고 평소에는 시만 쓴다. 취향이 다르다 보니 아무래도 대화가 잘 이어지지 않는다. 그래서 이야기는 차츰 궤도에서 벗어나 단순한 잡담으로 변한다. "3반의 **가 ××에게 고백했다."라든지 "연예인 ***의 이메일 주소가 인터넷에 유출"되었다든지 하는 이야기. 이야깃거리 제공 역할은 노노무라이고 나는 대체로 듣는 역할을 맡는다. 어쨌거나 자발적으로 동아리 회장을 할 만큼 노노무라는 나랑 달리 적극적이고 수다도 잘 떤다.

"참, 그러고 보니 시바사키 아사미 걔, 또 뭔 일 저질렀다며?"

이야기 도중 노노무라가 별안간 말을 꺼냈다. 이럴 경우 아사미의 소문이 나오는 것도 흔히 있는 일이다. '또'라고 해도 떠오르는 것은 얼마 전의 그 사건 하나 정도. 하필 미나미 선생님에게 불만을 터뜨린 그 사건이다.

"아, 그건……."

내가 얼른 사건의 경위를 설명하자 노노무라는 실망스럽다는 듯이 어깨를 으쓱거렸다.

"진짜, 위험한 애야. 24시간 전투태세네. 즈카친은 무슨 생각으로 걔랑 사귈까? 돈에 팔린 심부름꾼이란 소문이 있긴 하지만."

"즈카친이라니?"

"어머나, 너 몰랐니? 우리 반 남학생인데 작년부터 시바사키 아사미랑 함께 다니잖아. 쉬는 시간만 되면 꼭 아사미가 걔를 데리러 와. 그리고 같이 옥상으로 가서 서로 그렇고 그런 짓을 한대."

"우아!"

'아사미'와 '그렇고 그런 짓'. 뭔가 정확하게 느낌이 오지 않는 말의 조합. 낫토*와 슈크림을 동시에 먹는다면 그런 느낌일까? 몸서리 치는 나를 상관하지 않고 노노무라는 또 묻는다.

"시바사키 아사미 걔는 집안이 꽤 좋은가 봐. 아버지가 사업가이고 지역의 유지래. 그렇다고 버릇없이 굴다니 솔직히 밥맛이야. 선생님들도 걔한테는 꼼짝도 못하는 기색이고. 난 제1초등학교를 나와서 그런 얘긴 잘 모르지만. 걔랑 같은 제2초등학교 출신인 애한테 들었거든. 참, 그러고 보니 나오미 너도 제2초등학교 출신이잖아."

"어? 아, 응."

나는 조금 망설이다가 인정했다. 남 험담하는 것도 좋아하지 않지만 옛날 이야기 하는 것도 좋아하지 않는다. 누구에게나 떠올리고 싶지 않은 과거는 하나나 둘, 셋, 넷쯤 있는 것이 당연한 게 아닌가. 이렇게 마음속으로 중얼거려 보아도 말로 내뱉지 않으면 아무 의미가 없다. 노노무라에게 마음속의 말까지 들릴 리가 없으니까.

"그럼 혹시 같은 반이었던 적 없어?"

"있어."

"그게 언제야?"

*낫토균을 이용해 대두를 발효시킨 일본 전통 식품. 우리나라의 청국장과 유사하다.

"고학년 때인가?"

"아아, 그렇구나. 시바사키가 옛날부터 그랬어?"

"글쎄. 그 부분은 확실하게 잘 모르겠어. 걔랑 난 성향이 달라서 이야기해 본 적이 거의 없거든. 미안해. 도움을 못 줘서."

나는 갈피를 잡을 수 없어 변명 같은 말을 했다. "미안해."라고 말할 필요까지는 조금도 없는데. 하교를 재촉하는 종소리가 들린 것은 바로 그때다. 살았다! 나는 평소와는 달리 잽싼 동작으로 일어나 집에 갈 준비를 끝내고는 노노무라에게 손을 흔들었다.

"미안해. 일이 있어서 오늘은 좀 빨리 가야 해. 원고 모집은 걱정 마. 안녕!"

쳇, 또 사과한다.

03

 그리고 며칠 뒤, 나는 점점 난처해졌다. 지금쯤 내 손안에 들어와야 할 원고가 아직 하나도 들어오지 않았다.
 곧 마감인데. 복도에서 만나면 얼굴을 돌려 버리는 유령 회원. "조금만 더 쓰면 다 돼."라고만 되풀이할 뿐인 유령 회원. 재촉 전화를 걸면 집에 없다는 자동 응답기를 트는 유령 회원.
 이렇게 해서는 아무리 기다려도 소용없다는 판단이 섰다. 대체할 원고를 준비해야만 했다. 나는 마음속으로 초조해하며 만약을 위한 방법을 짜 보았다. 가장 좋은 것은 새로운 작품을 다시 모집하는 것이지만 글을 새로 쓸 만한 회원의 얼굴은 떠오르지 않는다. 예전 작품을 다시 손봐서 싣는 방법도 있다고 생각해 여기저기 말을 해 보았지만 쉽게 나오지 않았다.

　모든 걸 제쳐 두고 쉬자. 나는 차츰 자포자기가 되었다. 그럼 모든 작품에 그림을 넣어 쪽수를 늘려 볼까, 아니면 예전에 발표한 선배들 작품을 무단으로 실을까, 따위의 사악한 행동까지 생각했다. 하지만 결국 행동에 옮기지는 않았다. 학교에서 돌아오는 길에 다른 곳으로 샌 것도 솔직히 그 때문이다. 결론에 접근했다고나 할까. 어쨌든 궁지에서 벗어나기 위해 평소와는 다른 행동을 하면서 기분 전환을 하고 싶었던 것이다. 그렇지 않고서야 교복 차림으로 시내를 쏘다니는 일은 절대 하지 않았을 것이다. 함께 집에 가는 친구가 있으면 가끔 그럴지도 모르지만. 평소의 나는 품행이 방정하다. 학교를 나오면 바로 앞에 있는 상점가를 지나 역을 향해 빠른 걸음으로 전진한 뒤, 계단 옆 비탈을 끼고 있는 역 건물을 자전거로 빠져나가 그대로 우리 집으로 돌진한다. 비오는 날은 뛰는 것으로 바뀔 뿐이다.

　게다가 여기는 다른 곳으로 새고 싶을 만큼 멋진 상점가도 없다. 도시가 역 주변의 재개발에 착수한 것은 거품 경제 끝물이었고 북쪽 출구에 있는 상점가가 자꾸만 빌딩화되기 시작할 무렵 거품 붕괴의 험난함을 만나 재개발 사업은 어이없이 동결되었다.* 빌딩 골짜기에 예전부터 있던 점포들의 일부분만 남은 모양이 따로국밥이라고나 할까, 어수선하다고나 할까, 통일감이 전혀 없다. 모처럼 생긴 빌딩도 불황에 눌려 숨이 끊어질 지경이다. 임대인들이 금세 금세 바뀌어, 보는 쪽도 불안하다.

   그런 상점가이다 보니 해 질 녘에는 더욱 고요하다. 걸어 다니는 사람은 보조 의자가 달린 쇼핑 카트를 끄는 할머니나 할아버지, 노부부같이 나이 든 사람들뿐이다. 나는 도중에 자전거에서 내려 길을 산책하기 시작했다. 돌이켜 생각해 보면 그게 불행의 시작이었지만. 어쨌든 한참을 어슬렁거리니 재미있는 가게가 나왔다. 즐비하게 늘어선 상점가 뒷길에 오도카니 서 있는 헌책방. 동굴처럼 들어가는 입구의 폭이 좁고 은신처처럼 검소하게 지은 집이다. 유리문 너머로 가게 안을 들여다보니 그 또한 대단하다. 벽이란 벽은 헌책으로 빽빽이 들어차 있다.

---

*1980년대 경제적으로 풍요로워진 일본의 대기업과 은행, 개인 들은 여유 자금을 부동산과 주식에 투자했고 부동산 가격과 주식 가격은 급격하게 상승했다. 이것은 가격이 실제 가치보다 매우 높은 경제 거품을 발생시켰으며 1990년대 초, 거품이 붕괴되면서 부동산과 주식의 가격은 매우 가파르게 떨어졌다. 이로 인해 투자금을 회수하지 못한 대기업과 은행의 파산, 실업자 속출, 가계의 빈곤 등이 발생하여 대략 10년간 일본은 장기 불황에 빠진다.

"우아!"

깜짝 놀라서 나도 모르게 발을 들여놓고 말았다. 헌책방 같은 곳은 그때까지 한 번도 가 본 적이 없었다. 학교 도서실에 있는 어린이용 책보다도 훨씬 격조 있는 책을 찾을 수 있을 것 같은 기대감. 종이 냄새와 잉크 냄새가 섞여 숨이 막힐 것 같아 참을 수가 없다. 굉장히 좋아하는 책을 읽고 있을 때의 기분이라고나 할까. 참, 시집은 없나? 미야자와 겐지나 나카하라 츄야.『더럽혀진 슬픔에』라는 작품이 있으면 읽어 보고 싶다며 혼자서 황홀해하고 있는 동안은 행복했다.

"뭐야. 썩 나가지 못해!"

소리가 나서 돌아보니 무섭게 눈을 치켜뜬 할아버지가 서 있다. 가게 주인인 것 같은데 어쩐지 굉장히 화가 나 있다. 하지만 왜 화를 내는지 도무지 알 수가 없다.

"너 같은 패거리들을 위한 가게가 아니야. '중고생 출입금지!'라고 입구에 써 붙여 놓았잖아."

멍하니 서 있는 나를 향해 할아버지는 딱딱한 말투로 말했다. 질문은 필요 없고 냉큼 꺼지라고만 하는 불쾌함. 뭐야 이 할아버지, '그렇게 무조건 야단칠 필요는 없잖아요?'라고 말하고 싶지만 그런 말은 할 수가 없다.

행복한 기분이 싹 가시고 목구멍 안이 서늘해졌다. 이렇게 영문도 모르는 일을 가끔 당하니까 세상이 무서운 것이다. 나는 책장에서 꺼낸 책을 밀어서 제자리에 넣고는 휙 발길을 돌려 맥없이 헌책방을 나왔다. 곁눈질로 유리문을 보니 진짜다. 뭔가 씌어 있다. '중고생 출입 금지!' 말고도 뭐라고 장황하게 빨간 페인트로 씌어 있는, 박력 있는 메시지. '중고생'='그저 눈요기만 하는 손님'이라고 정해진 듯했다. 들어갈 때는 들떠서 전혀 의식하지 못했다. 만약에 읽었더라면 이런 가게엔 절대 들어가지 않았을 텐데.

나는 입을 삐죽이며 자전거를 끌고 걷기 시작했다. 그렇게 수십 미터쯤 걸어갔을 때 문득 느낌이 왔다. 공기에 구멍이 뚫린 것 같은 희미한 허전함. 방금 전까지 내 곁에 있었던 무엇인가가 지금은 없다.

"어?"

나는 자전거를 멈추고 침을 꿀꺽 삼켰다. ……어머나, 안 돼. 진짜 없다. 앞 바구니에 넣어 둔 보조 가방. 8절지 크기의 비닐로 만들어진, 반짝반짝 빛나던 내 보조 가방이 없어졌다!

한순간에 끝없는 늪에 떨어진 듯한 기분이 되었다. 아무리 눈을 똑바로 뜨고 보아도 없는 것은 없다. 진정하자, 나오미. 나 자신에게 그렇게 타이르며 시간을 거슬러 올라가 보았다. 하교할 때 나는 분명 보조 가방을 손에 들고 있었다. 학교 뒤쪽 주차장에서 자전거를 타고 나오면서 앞바구니에 보조 가방을 넣은 기억이 분명히 남아 있다. 시내를 돌아다니면서 가방을 떨어뜨릴 상황은 일단 있을 수 없다. 자전거를 타고 길을 달린 것도 아닌데 바구니에서 튀어 날아올랐을 리가 없지 않은가.

도둑맞았다.

그렇게 생각하니 허리 아래로 힘이 쫙 빠졌다. 도둑맞았다면 그때다. 아까 헌책방에 들어가면서 자전거 바구니 안에 보조 가방을 넣어 두었다. 지갑은 배낭에 들어 있었고 오래 있을 생각도 없었다. 그래서 들고 가지 않아도 괜찮다고 생각했다. 아아, 하지만 설마 도둑맞을 줄이야. 가벼운 데다 소박하여 쓰기 편한 가방이었다. 내 맘에 쏙 든 보조 가방. 아니 무엇보다도 그 가방 안에는 매우 중요한 것이 들어 있었다. 애써 모은 회원들의 원고, 400매 원고지 62장.

울음이 터질 듯한 걸 억지로 참으며 페달을 밟기 시작했다. 범인이 아직 근처에 있을 가능성도 있으니까. 하지만 충격이 컸던지라 손가락이 떨려 핸들을 제대로 잡을 수가 없었다. 나도 모르게 급브레이크를 잡아 버려 자전거 몸체가 기우뚱 기울어졌다. 꽈당, 하고 엄청난 소리가 났고 나는 길바닥으로 굴렀다. 아, 정말 최악이다. 지독히도 재수가 없다. 더불어 무릎이 찌르르 아프다.

"괜찮니?"

주저앉아 있는데 누군가가 말을 걸어왔다. 초등학교 고학년 정도로 보이는 남학생.

"저기, 너 모리시타지? 난 옆 반의 데즈카야."

어머나, 잘못 봤다. 같은 학년이다. 그렇지만 난 잘 모르겠다. 사복을 입고 있어서인가? 아니면 목소리가 새되고 키가 작고 말라서인가? 무지 어리게 보인다. 이런 애가 2학년에 있었나? 아니 임원 모임에서 잠시 얼굴을 마주친 적이 있었는지도 모른다. 다만 단순히 내가 이 아이를 기억하지 못하는 것뿐이고 상대방은 내 얼굴과 이름과 반까지 정확히 알고 있는 것 같다.

어쩐지 조금 마음이 놓였다. 순간 눈물이 솟아나서 나

는 땅바닥에 주저앉은 채 소리 없이 울기 시작했다.
"혹시 어디 부딪친 것 아냐? 아, 거기 많이 까졌구나."
데즈카는 내 무릎에서 피가 나오는 것을 보고 허리에 맨 가방에서 휴지를 꺼내 내게 주었다. 그리고 내가 그 휴지로 상처의 더러워진 부위를 닦아 내는 동안 가까이에 있는 자동판매기에서 사과 주스를 뽑아 왔다. 두 캔 가운데 하나를 내밀어서 받았다. 돈에 대한 말은 하지 않았다. 사 줄 생각인가 보다. 꽤나 불쌍하다고 생각하는 것 같다. 동정 받아도 어쩔 수 없을 만큼, 지금 난 불쌍하다.
"고마워."
나는 훌쩍훌쩍 흐느끼면서 인사를 했다. 데즈카는 싱긋 웃으며 내 옆에 앉았다. 나는 주스를 한 모금 마시고 울었던 까닭을 이야기하기 시작했다. 교실에 있어도 남학생과는 거의 이야기하지 않는데 일방적으로 자상하게 대해 주니 마음이 흔들렸는지도 모른다. 이럴 때 연애 예감 따윈 필요 없다고 생각하지만. 자세히 보니 데즈카는 얼굴 생김새도 귀여웠고, 키가 작은 점은 좀 못마땅하긴 해도, 무엇보다 마음씨가 별표 다섯 개다.
"가방을 도둑맞았다고? 아아, 그래서 얼굴이 하얗게 질려 있었구나. 지금 말해 봐야 소용없지만 조심해야 돼. 이 근처는 낮에도 사람들이 거의 없어서 가끔 날치기가 있거든. 참, 도둑맞은 가방 안에 돈 같은 것은 있니? 없다고? 그럼 그 근처에 버릴 확률이 높아. 찾아보자. 난 시간 많으니까 찾아볼 생각이 있으면 같이 찾아 줄게. 아니면 먼저 파출소에 가서 피해 신고를 할까?"

사태를 거의 파악한 데즈카가 그렇게 말했다. 스스로 찾을 수 있는 것이라면 꼭 찾아보고 싶어. 피해 신고는 부모님과 의논한 뒤에 하기로 할게. 경찰에게 갈 정도의 일도 아닌 것 같고.

"그럼 지금 전화해 볼래? 휴대 전화가 있으니까 빌려 줄게."

"지금은 곤란해. 우리 부모님 두 분 다 일을 하셔서 집에 늦게 오시거든."

"그렇구나. 미안해."

데즈카는 휴대 전화를 일단은 넣더니 생각이 바뀐 듯 다시 손에 들고 번호를 누르기 시작했다. 통화를 누르고 끊더니 다시 통화 키를 누른다. 한동안 기다리다 포기하고는 다른 번호로 통화를 시도한다.

"미안해. 아무도 안 받네."

무슨 말인지 몰라 멍하니 있으니 데즈카가 곧 말을 이었다.

"이 시내를 잘 아는 친구들이 있어서 같이 수색해 볼까 해서 전화해 봤거든."

"친구라면 우리 학교 애야?"

"한 명은 그렇고 한 명은 아니야. 어쨌거나 그 둘과 나중에 만날 약속이 있기도 하고. 평소에는 잘 연결되는데. 아사미 얘는 뭘 하는 거야."

데즈카는 중얼중얼하면서 휴대 전화 뚜껑을 탁 하고 닫았다. 뭐? 지금 뭐라고 했니? 나는 내 귀를 의심했다. 아사미라면 시바사키 아사미. 그리고 이 아이는 데즈카. 옆 반이면서 아사미라는 이름을 아무렇지도 않게 친근하게 부르는 남학생. 아무래도 이상하다. 머릿속에서 두 사람이 잘 연결되지 않는다. 분명 아사미는 노는 아이니까 이 상점가를 잘 알 것이고. 잠깐. 옆 반에는 노노무라도 있었지. 그러고 보니 전에 노노무라가 말했어. 아사미와 누군가가 그렇고 그런 사이며 그 상대가 노노무라 반이며 이러쿵저러쿵.

방금 마신 사과 주스가 위장 밑바닥에서 파도쳤다.

"저기 데즈카라면 혹시?"

머뭇머뭇 물어보니 내 앞에 있던 자상한 그 아이는 싱긋 웃으며 속삭였다.

"그렇게 부르면 서먹서먹하니까 즈카친이라고 불러.* 즈카친."

나는 하마터면 사과 주스를 입에서 뿜을 뻔했다. 거참, 네가 즈카친이라고? 그럴 줄은 전혀 몰랐다.

*일본에서는 대개 공식적인 자리이거나 친하지 않은 경우 성을 부르거나 직위를 같이 붙여 부르고, 사적인 자리나 친한 사이끼리는 이름을 부른다.

04

 이런 까닭으로 우선 '연애 예감'은 없었던 일이 되었다. 정말로 내가 바보였어. 아사미 남자 친구에게 손을 뻗치다니, 극형을 각오할 일이다. 데즈카, 아니 즈카친도 아사미랑 어울릴 정도니 겉보기와는 달리 두뇌 회로가 끊어진 녀석일지도 모른다.
 나는 은근히 정신을 바짝 차리고 주변에 방호벽을 쳤다. 위험한 사람들 사이에 나도 모르게 들어가지 않도록.
 "그럼 우리 둘이서 이 근처만이라도 대충 살펴볼까? 자세히 봐야 할 곳은 나무 심은 곳이랑 잡초 더미랑 공중 화장실이야."
 즈카친도 상점가 지리에는 꽤 밝아 보였다. 무릎을 다친 나 대신 자전거를 끌면서 주의를 기울여야 할 곳을 차례로 헤아려 간다. 나도 열심히 찾아보았지만 별 성과는 없다. 한 시간 가까이 걸었을 때쯤 결국 포기하기로 했다.

"오늘은 여러 가지로 고마웠어."

인사를 하며 손을 흔들자 즈카친은 가볍게 고개를 끄덕이면서 마지막으로 말했다.

"실망하지 마. 며칠 지나서 불쑥 나오는 경우도 있으니까. 아까 이야기한 친구에게도 정보 달라고 부탁해 둘게."

깜짝 놀라 괜찮으니까 아사미한테는 말하지 말라고 하고 싶었지만 즈카친이 호의로 말하는데 그 말을 하면 기분 나빠 할까 봐 하지 못했다.

다친 다리를 끌면서 나는 터벅터벅 집으로 돌아왔다. 북쪽 출구 상점가의 반대편 언덕인 남쪽 출구. 부채꼴 모양으로 펼쳐진 주택가 끄트머리에 7층짜리 벽돌 색 맨션이 서 있다. 우리 집은 그 맨션 6층에 있는 방 3개짜리 집이다. 가족은 부모님과 유타라는 남동생, 나 이렇게 넷이다. 우리 방은 현관 입구에 있는 다다미 8장 크기의 방.*칸막이로 방을 반으로 나누어 유타와 함께 사용한다. 초등학교 6학년이나 되면서도 정신없는 룸메이트는 솔직히 지

---

*다다미 2장이 대략 1평(3.3058㎡)이다. 즉 4평 정도 크기의 방을 말한다.

굿지굿하다. 할 수만 있다면 혼자 쓰는 방으로 옮기고 싶은데 부모님은 도무지 "그러자."라고 하지 않는다. 공간의 문제라기보다 맞벌이로 바쁘시니까 가구를 옮기는 것이 귀찮아서 그러는 것 같다.

"그만 좀 해. 아직 어린 주제에 무슨 불만이 그리 많아. 네가 고등학생이 되면 어련히 독방으로 안 옮겨 줄까."

무슨 말을 해도 엄마는 "시끄럽다."로 끝낸다. 꼼꼼해야 할 경리라는 직업에 비해 이런 부분은 대충이다.

"유타가 시끄러워서 공부에 집중할 수 없다고? 그럼 근처 도서관에서 공부하면 되잖아. 부끄러워서 옷 갈아입는 게 불편하다고? 남매끼리 무슨 말이야. 나도 술 마시면 알몸으로 노래방에서 노래해. 재미있기만 하더라."

아버지는 어떤 말도 성(性)이나 배설물과 관련지어 저속하게 말하는 버릇이 있다. 낮에는 성실하게 간병용품 영업을 하고 있는 것 같지만. 그래서 나는 우리 가족과 조금도 잘 어울릴 수가 없다. 나 아닌 세 식구는 바깥으로 도는 성향이고 독서를 싫어한다. 특히 유타는 만화책도 말풍선이 많으면 싫어할 정도다. 이 세 식구의 공통 취미는 캠프와 여행과 해수욕이다. 나는 그 어떤 것도 좋아하지 않아서 아무 행사에도 참가하지 않는다. 어릴 때는 어쩔 수 없이 갔지만 중학생이 된 뒤로는 집 지키는 역할을 철칙으로 삼고 있다.

방으로 돌아온 나는 곧장 주소록을 펼치고 가볍게 호흡을 가다듬은 뒤 노노무라 집으로 전화를 걸었다.

"어머나. 가방째로 도둑맞아? 믿을 수 없어. 그런 일이 진짜로 있구나. 나도 앞으로 조심해야겠다. 아, 원고는 걱정 안 해도 돼. 교정하려고 복사해 둔 게 나한테 있어. 내일 학교에 가지고 갈게."

전화기 너머의 노노무라는 침착하게 그렇게 말했다. 아, 다행이다. 살았어. 복사본만 있다면 원래 원고가 없어도 편집 작업을 할 수 있다. 노노무라, 역시 제대로 하는구나.

구원 받은 마음으로 전화기를 내려놓으니 느닷없이 배가 고팠다. 아, 참. 그제 편의점에서 산 우유 푸딩이 있었지. 나는 복도 끝에 있는 부엌으로 가서 냉장고를 열었다. 엥? 냉장고 문에 넣어 둔 우유 푸딩이 보이지 않는다.

"네가 먹었지?"

거실에 있던 유타에게 물었더니,

"응."

이라고 한다. 남의 음식을 날치기해 놓고는 태연히 만화 영화를 보고 있다.

"응이라니. 그건 내 돈으로 산 푸딩이야. 네 몫의 간식이 아니잖아. 똑같은 걸로 사 와."

"뭐? 그럼 푸딩 뚜껑에다 메모를 해 놓지. 이건 나오미 전용 간식이라고. 그럼 아무도 안 먹잖아."

"알았으니까 지금 당장 사 와."

"못 가. 지금부터 재미있는 부분이란 말이야. 앗, 안 돼. 왜 꺼! 리모콘 돌려줘. 비열해."

유타는 소리치며 의자에서 벌떡 일어나 내게 욕설을 퍼부었다. 나는 유타의 발을 걸어 바닥에 쓰러뜨렸다. 홍, 꼴 좋다.

"제길, 잘난 척하지 마. 오타쿠* 주제에."

"뭐? 너 뭐라고 했어?"

"누나는 성격이 음울하잖아. 나한텐 툭 하면 시비 걸긴 하지만. 친구도 없이 늘 몰래 시나 쓰고, 섬뜩하다고. 그런 이상한 사람을 오타쿠라고 하는 것 아냐? 엄마가 전에 전

---

*하나의 특정한 사물이나 분야에 광적으로 집착하는 사람. '~광'이나 '~마니아'보다 폐쇄적인 의미를 지닌다.

화로 엄마 친구한테 말하던걸. 우리 딸은 오타쿠 같아서 집안 분위기가 가라앉는다고."

야, 심하잖아. 엄마도 그래. 농담이라고는 하지만 너무 하다. 자기 딸 험담을 일부러 다른 사람에게 하다니.

충격으로 내가 굳어지자 유타는 더욱 기세가 올랐다. 얼굴에 슬며시 웃음을 띠면서 다음엔 무슨 말로 약 올릴까 궁리하더니 이렇게 말하는 게 아닌가.

"비 내리는 날은 마음이 아프다. 내 가슴의 모든 곳에서 먹구름이 뭉클뭉클 솟아올라 마침내 모든 것이."

유타의 입에서 나온 것은 내가 쓴 시의 한 부분이다. 쓰레기통에 버린 원고를 훔쳐 읽고는 외웠나 보다. 아는 사람은 다 알겠지만 이렇게 굴욕적인 일은 없다. 그 시는 실패작이고 나 스스로 채택하지 않은 것이다.

죽여 버릴 거야.

바닥에 쓰러진 유타가 겨우 일어났을 때 나는 두 손으로 유타의 어깨를 힘껏 눌러 버렸다. 엉덩방아를 찧은 유타를 위에서 덮친 지 수십 초. 무릎의 상처가 아팠지만 그런 걸 신경 쓸 때가 아니다. 똑바로 누운 유타는 내 얼굴을 마구 할퀴었다. 제3자의 등장으로 사태가 급전환되지 않았다면 우리 남매 가운데 누군가는 중상을 입었을지도 모른다.

"엄마 왔……어머, 나오미, 뭐 하는 짓이야! 유타 얼른 피해."

거실로 들어서자마자 엄마는 엄청난 소리를 지르며 말했다. 커다란 소리에 놀라 나는 팔의 힘을 뺐다. 그러자 별안간 뭔가가 우르르 머리 위에서 떨어진다. 곤약, 아스파라거스, 냉동 크로켓, 옥수수 통조림 두 개. 엄마가 들고 온 시장바구니의 내용물이 날아왔나 보다.

"어?"

탁.

기분 나쁜 소리가 나더니 이마가 갑자기 차가워졌다. 정체불명의 빨간 액체가 눈썹 옆으로 한 줄기 흘러내렸다. 손가락으로 닦아 냄새를 맡아 보니 어쩐지 풋내가 살짝 난다. 조금 먹어 보니 웩, 잘 익은 토마토 맛이다.

말할 것도 없이 그날 밤 나는 호되게 혼이 났다. 먼저 엄마한테 야단맞았고 엄마의 분노가 겨우 누그러졌을 때쯤 퇴근하신 아빠한테도 야단맞았다.

"유타가 내 푸딩을……."

하고 말해 보았지만 소용없었다. 푸딩 하나 때문에 그렇게까지 하냐며 어이없다는 얼굴을 할 뿐이다. 유타는 유타대로 피해자 얼굴을 하며 눈물 바람으로 호소했다.

"죽는 줄 알았어. 누나랑 이제 말도 안 할 거야."

알았다, 알았어. 네 맘대로 해. 나도 네가 제일 싫다. 그러고 보니 왜 내가 3대1로 공격당해야 해?

울컥 화가 치밀어 방으로 돌아와서는 침대에 엎드렸다. 가방에 대한 말을 하지 못한 게 생각났지만 이젠 늦었다. 됐어, 이대로 말하지 말자. 심통이 나서 자 버렸고 다음 날 아침은 아무하고도 말하지 않고 집을 나섰다. 노노무라가 승강기 입구에서 내가 오기를 기다려 주었다.

"자, 이게 어제 말한 복사 원고야. 이번엔 잃어버리지 마. 걱정되면 보험 들 생각으로 한 부 복사해 둬도 좋고."

응. 그렇게 해야겠다. 나중에 지도 선생님에게 교무실 복사기를 쓸 수 있는지 물어보자.

나는 노노무라한테 고맙다는 말을 하고 교실로 들어갔다. 응? 뭐야. 뭔가 평소와는 다른 풍경이 보이잖아.

순간 내 자리가 어딘지 몰라 당황했다. 늘 먼저 와 있던 키요미즈는 오지 않았고 그 자리에 무슨 영문인지 시바사키 아사미가 앉아 있다.

왜 아사미가 내 옆 자리에?

고개를 갸웃거려 봐도 답은 나오지 않는다. 기분 내키는 대로 그냥 앉은 건지 내게 볼일이 있어서 그런 건지. 하릴없이 쭈뼛쭈뼛 내 자리로 다가가자 아사미는 딴청을 부리며 불퉁하게 말했다.

"너 당했다며?"

"어?"

"도둑맞았지? 가방인지 뭔지."

"아, 응."

역시 즈카친을 통해서 어제의 이야기를 알고 있다. 식은땀이 주르르 나왔을 때 아사미가 나를 돌아보았다.

"멍청하긴."

윽, 비웃음을 샀다. 하지만 할 말이 없다. 불쾌한 말을 들었으니 화를 내야 당연한데 화를 낼 수가 없다. 실실 웃으며 넘기려는데 수업 시작 종소리가 울렸다. 그건 그렇고, 오지 않는 걸 보니 오늘 키요미즈는 결석인가 보다. 아사미는 얼른 공책을 펼치고 필기 준비를 한다. 아무래도 이대로 내 옆에서 수업을 받을 생각인 것 같다.

어쩐지 거북하다.

  나는 마음속으로 겁이 나면서도 가방의 내용물을 책상 서랍에 넣고 슬며시 의자에 앉았다. 이윽고 미나미 선생님이 일지를 갖고 와서 몇 가지 공지 사항을 말하고는 출석을 확인하고 나갔다. 아사미가 자리를 옮긴 것을 모를 리가 없다. 그런데도 미나미 선생님은 기가 꺾인 탓인지 결국 아무 말도 하지 않았다.

  기대가 어긋나 실망했다. 나는 아사미에게 들키지 않게 한숨을 쉬고 첫째 시간 수업 준비를 하기 시작했다. 중대한 실수를 알아차린 것은 바로 그때다. 아차! 교과서가 한 권 부족하다. 3교시 국어 부교재.

05

 기껏 교과서 한 권쯤, 이라고 업신여기지 말기 바란다. 내세울 만한 말은 아니지만 나는 친구 사귀기가 어려운 성격이다. 말하자면 궁극적으로 이불 속에서만 활개 치는 소극적인 스타일이다. 가볍게 이야기할 친구의 수가 평균치를 꽤 밑돈다. 비호감이진 않아서 괴롭힘을 당한 적은 없다. 하지만 말이 없으니 붙임성이 없는 사람이라고 여겨지는 듯하다.
 "모리시타 넌 얘기해 보면 꽤 재미있어. 좀 까칠할 줄 알았거든. 늘 책이나 읽고 있으니 말이야."
 좀 친해진 여학생한테서 듣는 말은 언제나 이렇다. 그렇다. 나는 허물없이 구는 것이 잘 안된다. 내가 남에게 다가가는 걸 잘 못하고 상대방이 이야기 걸어오기를 기다리는 것이 내 성격에 맞다. 쉬는 시간에 책을 읽는 것은 이야기할 상대가 없기 때문이다. 독서를 좋아하는 것은 분명하지만 죽을 만큼 좋아하는 건 아니다. 가끔 가까이 앉거나 학급 일을 함께 하거나 해서 접촉할 기회가 있으면 금방 친구 비슷하게 된다. 하지만 그 뒤가 이어지지 않기 때문에 곧 원래 관계가 되고 말아 반이 바뀌면 금세 서먹서먹한 사이가 된다. 그렇기 때문에 못 가져온 준비물을 쉽사리 빌릴 수 없다. 노노무라에게 빌리는 것도 생각했지만 그만두기로 했다. 아까 복사 원고까지 빌렸는데 또, 하고 생각할까 봐.

마음속으로 갈팡질팡하고 있는 사이 셋째 시간이 시작되었다. 더욱 갈팡질팡하게 된 처지에 빠진 것은 그 뒤다. 한 남학생이 책을 읽기 위해 일어났을 때 아사미가 느닷없이 내 쪽으로 자신의 책상을 붙이고 아무 말 없이 부교재를 책상과 책상 사이에 두었다. 뭐, 붙인 책상은 원래 키요미즈 책상이지만. 책상이야 어쨌든 부교재를 보여 주었다는 것. 내가 처한 상황을 도대체 언제 알아챘지? 아사미는 아무것도 안 보는 척하면서 뜻밖에도 주변을 자세히 살피고 있다.

"어, 괜찮아?"

고맙지만 감사의 마음을 웃도는 긴장감이 넘쳐 나도 모르게 목소리가 작아졌다. 아사미는 길에 버려진 껌이라도 보는 듯이 지루한 표정으로 나를 보면서 말했다.

"안 가져왔으면 안 가져왔다고 말하면 좋잖아. 너 참, 꽉 막혔네."

아아, 인생은 고난의 연속. 그런 기분이 들었다. 부탁이니까 내일은 꼭 학교에 와라, 키요미즈.

안타깝게도 간절한 바람이 신에게 무시당한 느낌. 다음 날도 그 다음 날도 기다리는 사람은 오지 않았다.

"어쩌면 혹시 키요미즈는 등교 거부를 하는 것이 아닐까?"

사흘째 아침, 한 남학생이 불길한 말을 했다.

"아무래도 그 일이 타격이었나?"

"그 일 말고는 없잖아."

나흘째가 되자 여학생 가운데 일부도 소곤소곤 이야기를 주고받았다. 그 일이라면 미나미 선생님의 사건이 틀림없다. 그게 결석의 원인인지 아닌지는 아직 모르지만. 그러나 틀림없이 그게 시작되면서부터 키요미즈는 우울해했다. 미나미 선생님도 괴롭힐 상대가 없어져서인지 심심해 보였다. 그렇지만 내가 다음의 표적이 될 수는 없다.

아마 다들 비슷한 생각을 하는 것이 틀림없다. 물리 수업을 받을 때는 우리 반 모두가 전전긍긍하며 경련을 일으키듯이 거짓 웃음을 1밀리미터도 거두지 않았다. 단 한 사람만 태연한 태도로 있는데 바로 시바사키 아사미다. 썰렁한 개그를 무시하는지 쓴웃음까지 짓는다. 그리고 아무리 시간이 지나도 자기 자리로 돌아가지 않는다. 미나미 선생님은 전혀 상관하지 않았고 아사미의 목표물도 모르겠다. 혹시 나와 사이좋게 지내고 싶은가? 아니야, 설마. 그건 있을 수 없는 일이야.

"야, 뭘 봐. 할 말 있어?"

보라고, 눈이 마주치기만 해도 이러는데. 무서워서 말도 똑바로 못하겠다. 박력 있고 무서운 애란 점은 익히 아는 사실이다. 하지만 그냥 단순히 '타락했다'는 수준의 이야기가 아니다. 초등학교 5학년, 같은 반이었을 때는 친하지 않아서 잘 몰랐지만 이전까지와는 달리 아주 가까운 곳에서 본 결과 확신할 수 있다. 특이한 것도 이 정도면 존재

자체가 몬스터이다. 어쨌든 어설프게 불량한 아이들과는 다른 무대에 있는 아이다. 겁내지 않는다. 기죽어하지 않는다. 성급해하지 않는다. 당황해하지 않는다. 말하고 싶은 것이 있을 때는 우리 반 아이들 누구에게나, 또 어른들에게도 똑같은 태도로 대한다. 그리고 식후의 사자처럼 힘을 빼고 조용히 있다. 수업 방해라는 하찮은 짓도 절대 하지 않는다.

그리고 이 말만은 꼭 해야겠다. 아사미는 공부를 좀 한다. 열심히 공부하지는 않지만 그럭저럭 점수를 받는 타입이다. 시험지를 돌려받을 때는 선생님에게 칭찬도 자주 받는다. 학생으로서의 본분은 정확하게 지킨다고나 할까. 보여 준 부교재도 꽤 깨끗하게 사용하고 있었다. 인물 소개의 얼굴 사진에 수염을 그리는 취미도 없나 보다. 그런데 책장을 넘기는 손가락에는 주먹질을 하도 많이 해서 못이 박혀 있다. 책상 아래에 꼬고 있는 다리, 또한 엄청나게 멍투성이다.

도대체 이 아이는 어떤 생활을 하고 사는 걸까?

그런 생각을 하면서 아사미 가방 안의 내용물을 힐끔 엿보았다. 노노무라의 정보대로 쉬는 시간에 아사미가 즈카친 같은 남학생과 어디론가 사라지는 걸 알기 때문이며 가방이 열린 채 책상 위에 놓여 있었기 때문이다. 어두워서 자세히 보이지 않았지만 책이 빽빽이 들어 있다. 격투 만화와 범죄에 관한 책, 연애 소설.

"이런 걸 읽는구나."

가만있었으면 될 텐데, 쉬는 시간이 끝나기 직전에 돌아온 아사미에게 그만 이런 말을 하고 말았다. 왜냐하면 아사미가 가지고 있던 연애 소설은 나도 가끔 읽었던 책이기 때문이다. 그게 또 아주 달콤한 분위기의 안타까운 내용이라 다른 두 권과 비교해 보면 너무 다른 느낌이 마구 들어서이기도 했다. 그런데 아사미는 의자에 앉더니 느긋하게 손톱을 갈았다. 전투용으로 가는 것인지는 모르겠지만 하여간에.

"뭘? 아아, 이 불륜물? 이런 게 재밌잖아."

아사미는 손톱 가는 것을 그만두고 천천히 얼굴을 나에게 돌렸다. 무슨 말이라도 해야겠다는 생각에 나는 필사적으로 말을 이었다.

"저기, 재미라면 어떤 점이."

"뭐랄까, 스릴? 멍청한 남자와 멍청한 여자가 잔뜩 나와서 멍해지잖아. 나이 값도 못하고 들떠 있다가 결국 일이 복잡해지면 헤어지고. 마지막에 누가 웃는지 생각하면 소름 끼치잖아."

"소름?"

"응. 연애도 승부와 닮지 않았나? 정신력과 정신력의 대항전이라고나 할까. 짝사랑이든 뺏는 사랑이든 싸우는 장면이 어떠냐면, 결국은 강한 자가 약한 자를 물리치며 끝나거든. 뭘 하든지 지금의 세상은 먹느냐, 먹히느냐니까. 일단 유사시에는 투쟁심이 효과를 발휘하지."

"아아……."

어쩐지 프로 레슬링 해설처럼 들렸다. 나는 완전히 넋을 잃고 사랑의 행방을 좇았건만, 아사미는 즐기는 방법이 일반적이지 않은 것 같다. 우선, 손가락을 딱딱 꺾어 가면서 이야기할 필요가 있을까?

그런 상태로 모처럼 시작된 대화는 어이없이 사라져 버렸다. 공통점이 부족한 사람과 서로 이해한다는 것은 힘들다. 어쩔 수 없이 나는 다시 말이 없는 아이로 되돌아갔다. 아사미도 다시 눈길을 떨어뜨리고 손톱 다듬는 일에 열중했다.

사태가 갑작스럽게 변한 것은 그로부터 며칠 뒤의 일이다. 집에 돌아와서 조금 있으니 거실에 있는 전화가 울렸다. 앞에서 말한 것처럼 부모님은 안 계시고 유타는 화장실 안에 있었다. 귀찮아하면서 전화기를 들었다.

"아, 모리시타? 오랜만이야. 불쑥 전화해서 미안하지만 지금 이쪽으로 올 수 있니? 네 가방을 찾은 것 같아."

전화기 안쪽에서 빈 소년 합창단의 목소리가 났다. 유타의 친구? 아니, 틀렸다. 이 새된 목소리는 즈카친이다.

06

"저기, 확실한 건 나도 아직 잘 몰라. 방금 아사미한테서 전화로 들었거든. 네가 도둑맞은 가방이 회색 맞지? 비닐에 천이 덧대졌고 그 천이 번쩍이는 것 맞지? 아무튼 내가 아는 사람이 네 가방과 비슷한 걸 발견한 것 같아. 그래서 될 수 있으면 본인이 와서 확인했으면 하더라. 역 북쪽 출구에 있는 지하도 알지? 그곳 2번 출구로 올래? 나도 곧 갈 거야."

전화기 너머의 즈카친은 분명히 흥분했다. 그 두근거리는 느낌이 공기를 타고 전해져서 내 가슴까지 두근거리게 했다. 전화기를 내려놓은 뒤 나는 집 열쇠만 들고 밖으로 나왔다. 지하도라면 자전거로 불과 5분도 걸리지 않는다. 그런데 왜 지하도 2번 출구일까. 그곳은 노숙자들이 살고 있어서 작년 말부터 시청에서 폐쇄한 곳인데.

깊이 생각할 틈도 없이 벌써 북쪽 출구에 이르렀다. 사거리를 우회해서 2번 출구로 다가가자 사복 차림의 즈카친이 옆에서 말을 건다.

"빨리 왔네. 너희 집은 여기서 가깝구나. 아, 자전거는 여기다 두자. 여기서 아래로 내려갈 거거든."

즈카친은 지하로 통하는 계단을 가리켰다. 이것 보세요. 계단 내려가는 쪽 셔터는 내려져 있거든요? 즈카친은 우물쭈물하는 나를 두고 지하로 내려가서 낙서투성이 셔터 가장자리에 손을 걸어 들어 올렸다. 뭐야. 간단하게 열리잖아. 누군가 자물쇠를 부수고 비틀어 열어 놓은 것을 마음대로 여닫는 모양이다.

"어서 들어가."

셔터가 반쯤 열렸을 때 즈카친이 그렇게 말해서 나는 안쪽으로 들어갔다. 거기서 조금 더 계단을 내려가니 바닥이 평평해졌다. 코를 찌르는 것은 사람 냄새와 눅눅한 콘크리트 냄새.

"좀 고약한 냄새가 나겠지만 조금만 참으면 코가 익숙해져. 그리고 여기서는 큰 소리를 내면 안 돼. 건강 상태가 나쁜 사람과 자고 있는 사람들이 있거든."

주의 사항을 듣는 동안 눈이 어둠에 익숙해졌다. 터널 같은 공간에 뻐끔뻐끔 나열된 창문에서 들어오는 밝은 빛. 작업용 파란 시트와 골판지로 만든 텐트. 울퉁불퉁한 그림자가 쭉 이어져 있다. 정말 여기는 노숙자들이 사는 곳답다. 걷기 시작하여 다섯 번째로 도착한 집이 오늘의 방문지였다.

"데려왔어요."

즈카친이 베니어합판으로 만든 문을 열자 아사미와 웬 모르는 남자가 "어이." 하는 느낌으로 손을 들었다. 텐트 안은 생각보다 넓고 깨끗했다. 가구가 거의 없고 기둥이 없기 때문인지도 모른다. 그런데 난, 이런 곳에 도대체 뭐하러 왔지. 아아, 맞다. 도둑맞은 가방을 확인하기 위해서다.

"이 학생이 모리시타 나오미? 야아, 귀엽게 생겼네. 편하게 생각하고 들어와. 신발은 그쪽에 벗으면 돼."

남자는 나를 보고 싱긋 웃으며 손짓했다.

"이쪽은 슈스케 씨라고 해. 가방을 찾아 준 사람."

즈카친이 슈스케라는 사람 대신에 말을 덧붙였다. 음, 어쩐지. 이 사람이 여기 주인이란 말이군. 전에 들었던 이거리를 잘 아는 친구도 이 사람이 틀림없군. 친구라 하기엔 나이가 거의 20살은 넘어 보였다. 그러나 아직 젊다. 옷도 그렇게 더럽지 않고 노숙자 같은 느낌은 들지 않는다.

나는 꾸벅 인사를 하고 실내에 발을 들여놓았다. 즈카친은 벌써 그들과 함께 앉아 있다. 내가 그 속에 끼어 앉자 아사미가 자기 쪽에 있던 종이 꾸러미를 버석거리며 풀어 회색 가방을 꺼냈다.

"아, 그건."

내 보조 가방! 진짜 찾았다. 거짓말처럼.

"좀 더 자세히 보고 확인해 봐. 아니면 난처하니까."

펄쩍 뛰며 좋아하는 내 옆에서 아사미가 나지막이 중얼거렸다. 나는 가방을 손에 들고 이리저리 꼼꼼히 살펴보았다. 틀림없다. 비를 맞아 꽤 더러워졌지만 원래부터 묻어 있던 때와 얼룩의 위치까지 그대로다.

"다행이다. 맞는 것 같구나. 이 가방 어디에 있었는지 아니? 전혀 엉뚱한 남쪽 출구의 버스 정류장 지붕 위였어. 훔친 녀석이 아무렇게나 던져 버린 건지 숨길 생각으로 일부러 그곳을 골랐는지는 수수께끼지만. 그런 곳은 보행자에게는 완벽한 사각지대거든. 지붕 위 같은 곳은 아무도 쳐다보지도 않을 뿐 아니라 뭘 올려놓아도 알기 힘들잖아. 그런데 우연히 가방이 조금 움직여졌는지 손잡이가 차양 쪽으로 내려와 있는 게 보이는 거야. 그게 어제의 일이지. 그런데 네 가방 이야기를 아사미랑 즈카친한테서 듣지 못했다면 그냥 보고 지나쳤을 거야. 내가 키가 좀 크다 보니 점프해서 한 번에 쳐서 떨어뜨렸어. 내용물은 무사하니?"

슈스케 씨가 물었다. 가방을 열어 보니 원고가 들어 있는 파일이 보였다. 특별히 거칠게 다룬 흔적은 보이지 않는다. 가방쪽은 비에 젖지 않은 것 같다. 비닐 가방이라 다행이었다.

"괜찮아요. 정말 고맙습니다."

나는 감사의 말을 하고 보조 가방을 안았다.

"고맙다는 말은 됐어. 이 사건은 일단 이걸로 해결됐네. 참, 그런데 그게 뭐니? 그곳에 붙어 있는 하얀 줄."

슈스케 씨는 가방 손잡이 부분에 눈길을 주며 그렇게 물었다. 동시에 다른 두 사람의 시선에 이끌려 나도 그곳을 보았다.

"아, 토끼!"

"토끼라니?"

"분홍색 토끼 인형이요. 초등학교 수학여행 기념으로 산 거예요. 가로 5센티미터, 세로 10센티미터 정도 크기였나. 이 하얀 줄 끝, 여기에 달려 있었어요."

"없어졌어?"

"글쎄요, 하지만 그건. 그 정도 피해는 괜찮아요."

대단한 일이 아니라 생각한 나는 고개를 세차게 흔들었다. 어쨌든 잃어버린 줄 알았던 가방이 돌아왔으면 그걸로 만족이다. 어머? 뭔가 이상한 분위기다. 눈을 깜박깜박거리고, 지금 뭐야? 나를 뺀 세 사람이 서로 눈짓을 하며 고개를 끄덕이잖아.

"인형이래. 어떻게 생각해?"

슈스케 씨가 아사미에게 물었다.

"글쎄, 뭘까? 미묘한 경계야."

라며 아사미는 즈카친을 보았다.

"가방을 훔치고 도망치는 도중에 우연히 떨어졌을지도 모르지. 저기, 모리시타. 한 번 더 보여 줄래? 그 가방."

즈카친은 그렇게 양해를 구한 뒤 다시 가방을 손에 들었다. 부드러우면서도 강한 말투에 분위기가 찌르르 긴장되었다. 즈카친, 아사미, 슈스케 씨는 가방을 둘러싸고 모여

앉아 손잡이 부분에 휘감긴 줄의 앞쪽을 찬찬히 보았다.

"이 줄 앞쪽, 아무리 봐도 그냥 끊어진 것 같진 않아. 가위나 뭔가로 싹둑 자른 것 같아."

"그러네."

"그럼 역시 그 녀석인가."

"냄새가 나는데. 그 자식, 요즘 쭉 얌전히 있더니. 여름방학 끝나니까 부활했나 보군. 위험해. 그냥 내버려 둔 게 실수야. 모처럼 저쪽 항쟁이 조용해지기 시작했는데."

"계속 또 할까?"

"당연히 하겠지. 아마 지금도 그 주변에서 다음 대상을 물색 중일걸. 그 자식 굉장히 끈질긴 것 같아."

"정보 수집, 해야겠지?"

"응. 이 자식이 가장 우선 사항이야. 저쪽은 저쪽대로 신경 쓰이지만. 뭐 잠시 상황을 보는 거니까."

저기, 여러분. 아까부터 무슨 말을 하고 있나요? 코가 맞닿을 정도로 얼굴을 맞대고 소곤거리면서 '부활'이며 '항쟁'이며 '이 자식'이 어떻다느니 '다음'은 어떻다느니. 게다가 내 토끼와의 관계를 잘 모르겠는데요.

……우아, 위험해. 아사미의 눈빛이 점점 험악해져. 수

상하다. 진짜 수상해. 어떡하지? 나 모리시타 나오미는 어떻게 될까?

07

그 뒤로도 한동안 세 사람의 수상한 대화는 이어졌다. 전혀 이야기에 끼지 못하는 나는 혼자 소외되었다.

"저기, 이제 그만 돌아갈게요. 가방 일은 정말로 고맙습니다."

용기를 내어 일어나자,

"아, 나도 지금 남쪽 출구에 볼일이 있어. 데려다 줄게."

즈카친이 문득 생각났다는 듯이 나를 쳐다보고 그렇게 말했다.

셔터 밖은 지하도와 똑같을 정도로 어두워져 있었다. 오랫동안 앉아 있은 탓에 발이 찌릿찌릿 저렸다.

"해가 지는 게 빨라졌네. 아직 6시밖에 안됐는데. 모리시타는 이 시간에 밖에 돌아다녀도 괜찮아?"

"상관없어. 통금 시간도 없고 부모님도 아직 돌아오시지 않았거든."

"그랬지, 부모님이 맞벌이랬지. 우리 집도 비슷해. 밥도 거의 내가 해 먹어."

"그럼 자영업 같은 거야?"

"아니. 아버지가 안 계셔서 어머니가 주 중에 풀타임으로 일을 하셔. 편모 가정의 외동이는 집안일 도와주는 것만으로도 꽤 힘들어. 그 대신 자유가 주어지지. 너희 집은 이쪽으로 가도 되지?"

즈카친은 자전거를 끄는 나랑 나란히 걷기 시작했다. 남쪽 출구에 볼일이 있다면 어떤 볼일일까? 덧붙여 설명해 두자면 우리들이 다니는 중학교에는 두 초등학교 졸업생이 다니고 있다. 북쪽 출구에 있는 제1초등학교와 남쪽 출구에 있는 제2초등학교. 상점은 북쪽 출구가 더 많고 주택은 남쪽 출구가 더 많다. 남쪽 출구에 사는 사람들은 북쪽 출구로 가서 쇼핑을 한다. 하지만 북쪽 출구에 사는 사람들은 남쪽 출구로 거의 오지 않는다. 즈카친의 집이 어디에 있는지는 정확하게 물어보지 않았지만 제2초등학교 출신이 아니니까 아마 북쪽 출구일 것이다.

두 번째 모퉁이를 돈 곳에서 즈카친의 발이 멈추었다.
"여기야."
"뭐가?"
여기가 어디야? 나는 눈을 동그랗게 떴다. 아무리 봐도 여기는 그냥 공터이고 건물 같은 건 보이지 않는다. 게다가 불법 투기한 쓰레기가 근처 한쪽에 어지러이 널려 있다. 그 주변에는 풀 더미에 파묻힌 채 방치된 자동차가 모두 다섯 대. 놀랍게도 자갈 운반용 덤프트럭까지 버려져 있다. 평소에는 자전거로 지나가기 때문에 그렇게 유심히 보지 않던 곳인데 새삼 보니 꽤 심하다. 조금 오싹했다.
"나오미 너, 딸기 좋아하니?"
"응?"
"못 들었어? 딸기 말이야. 시간 있으면 들렀다 갈래? 재미있는 걸 보여 줄게."
틈을 주지 않는 질문에 나는 고개를 끄덕였다. 하긴, 내가 거절을 좀 못하긴 하지. 딸기는 좋아하고 시간도 있고 어느새 모리시타에서 '나오미'라고 불러 주는 친구가 되었고. 하지만 뭐야, 어떻게 이런 계절에 딸기 이야기가 나오지? 딸기는 봄이잖아. 지금은 가을인데, 거참 이상하네.

이런 생각을 하는 사이에 즈카친은 잡초 더미 속으로 들어간다. 뒤를 따르는 내 앞에 떡하니 덤프트럭이 가로막고 섰다. 방치된 지 얼마나 지났을까. 초록색 칠은 너덜너덜 벗겨졌고 차체는 엄청난 녹투성이. 즈카친은 운전석 바깥쪽에 붙어 있는 작은 쇠사다리로 쑥쑥 올라가더니 적재함 쪽으로 휙 착지했다. 거기에 몇십 초 뒤를 따라 나도 적재함에 무사히 착지. 착지한 곳에 철판이 아닌 흙이 깔려 있어 깜짝 놀랐다.

"어떻게 된 거야? 왜 흙이?"

"이건 내가 옮겨 놓은 거야. 봉투에 담아 파는 원예용 흙을 짐 자전거에 싣고 몰래 했지. 이렇게까지 두껍게 만드는 데 며칠 걸렸어. 아아, 움직이지 말고 잠깐 기다려 줄래? 여기저기 밟으면 안 되거든."

똑바로 서서 가만히 있으니까 곧 발밑이 밝아졌다. 빛이 나는 곳은 적재함 가장자리에 붙여 놓은 감지 등. 텔레비전 홈쇼핑 프로그램에서 가끔 볼 수 있는, 방범용으로 현관이나 마당에 설치하는 등이다.

"저기 쓰레기 더미에 버려진 걸 고쳐서 재활용한 거야. 코드 없이 건전지로 충전하는 건데 비를 맞아도 고장 나지 않아. 덧붙이자면 여기는 내 정원이야. 어때? 꽤 멋진 광경이지?"

즈카친의 말을 들으면서 나는 주변을 둘러보았다. 적재함 정원에 깔려 있는 흙 위에는 초록색 싹이 나 있다. 벽돌을 나란히 줄지어 놓아 만든 십자 통로도 보인다. 잎사귀 형태가 국에 넣는 파드득나물*과 비슷하다. 하지만 키는 그렇게 크지 않다. 땅바닥을 기듯이 줄기가 뻗어 있어 밑에서 트럭 적재함을 올려다보았을 때는 안에 뭐가 있는지 몰랐다.

그건 그렇고 즈카친도 어지간히 특이한 아이다. 평범한 중학생이 평범한 생각만으로 이런 곳에 자신의 정원 같은 걸 만들 수 있을까?

너무 놀라 어안이 벙벙한 상태에서 즈카친의 손가락이 눈앞을 쓱 지나간다. 즈카친은 나도 모르는 사이 작업용 장갑 따위를 끼고 있다.

"통로를 사이에 두고 오른쪽과 왼쪽 모종의 종류가 달라. 자 봐, 이쪽의 봉긋해 보이는 쪽이 산딸기인데 이름대로 야생종이라서 튼실해. 심기만 해도 쑥쑥 늘고 꽃과 열

---

*숲에서 자라는 여러해살이풀. 어린순은 나물로 먹으며 잎은 3장의 작은 쪽잎으로 이루어진 겹잎이다.

매 모양이 아주 실해."

"우아, 그렇게 유익한 딸기도 있니?"

"응. 사계절 나름대로 특성이 있지만. 이렇게 가면 한겨울을 빼곤 거의 일 년 내내 수확이 가능해. 저쪽에 줄기가 조금 더 굵게 위로 뻗어 있는 건 케이크 딸기 모종이야."

"케이크 딸기라니?"

"케이크 맨 위에 장식하는 딸기 있잖아? 그런 딸기로 만든 모종이란 거지. 품종 이름을 몰라 내 멋대로 붙인 이름이야. 딸기 표면에 있는 오돌토돌한 그게 씨앗이래. 하얀 알갱이는 사용 못하고 검게 익은 알갱이를 흙에 뿌리면 싹이 나온다고 어떤 책에서 읽었거든. 그래서 시험해 보았더니 진짜로 싹이 나오는 거 있지."

"어머나, 재미있다."

"나도 깜짝 놀랐어. 뭐든지 해 봐야겠더라고. 다만 초보자가 재배하기에는 어려운 품종인 것 같아. 케이크에 쓸 정도니까 좀 비싸겠냐. 자라는 게 더디고 꽃이 피어도 열매가 열리기 전에 시들어 버려. 흙의 질이나 비료, 재배법을 궁리하면서 재배하는데 올해로 딱 3년째야. 올봄에 드디어 열매가 하나 열렸어."

"3년이나 가꾸어서 열매 하나?"

"그래도 거짓말 하나 안 보태고 진짜로 맛있었어. 케이크에 쓰는 딸기는 달콤한 게 일등품이겠지. 자, 이거, 먹어 봐. 산딸기 열매야."

웅크렸던 즈카친이 상반신을 나에게 돌렸다. 목장갑 위에 올려 준, 금방 딴 열매가 세 개인가 네 개였다고 기억한다. 가게에서 파는 딸기보다 훨씬 작은 알이고 귀여운 열매다. 나는 그걸 받아 한입에 톡 털어 넣었다.

"우아!"

"향이 좀 강하지? 품종 개량이 안 돼서 모양은 좀 밉지만."

"아니, 진짜 죽인다."

감격한 나머지 그렇게 말하다가 당황해서 얼른 입을 다물었다. 내 성격에 맞지 않는 언어 사용은 될 수 있으면 안 하는 게 좋다.

"맛있어."

그렇게 고쳐 말하니 즈카친이 웃는다. 정성 들여 키운 것을 칭찬해 주니 기쁜가 보다.

"둘 다 원래는 우리 집 마당에 있던 거야. 전에 살던 집은 마당이 딸린 주택이었거든. 우리 엄마가 식물을 좋아해서 허브와 채소와 팬지 같은 걸 화단에 잔뜩 키웠어. 그러다 보니 나도 같이 키우게 됐지. 피는 못 속인다고나 할까? 일찍부터 자연과 흙을 주물렀어. 만화 대신 원예 잡지를 읽으며 자랐고. 아버지가 집을 나간 뒤로도 한동안 그곳에 살았는데 돈에 쪼들려서 결국 집을 팔고 내가 중학교 들어오기 전쯤에 지금의 아파트로 옮겼어. 아파트는 마당이 없잖아? 할 수 없이 마당에 심었던 모종을 그대로 화분에 옮겨 실내 재배를 했는데 딸기 모종은 아무리 봐도 옹색한 것 같아서 마음에 걸리는 거야. 이 덤프트럭은 정말로 우연히 발견했지. 아사미네 집에 처음 놀러 갔다 돌아오는 길이었을 거야."

"그래서 밭을 만들었단 말이지."

"응. 내 맘대로 썼어. 말해 두지만 이건 비밀이야. 들키면 큰일 나."

즈카친은 입술 끝을 개구쟁이처럼 추켜 올렸다. 오케이, 죽어도 말하지 않을게. 난 약속은 좀 지키는 편이거든.

08

 딸기 밭 소개가 끝나자 즈카친은 별안간 말이 없어졌다. 어쨌건 사정이 사정인지라 오래 있기 힘든 곳이다. 그래서 모종 점검, 해충 구제, 토질 관리에 비료 주기, 이 모든 작업을 단시간에 끝내야 할 필요가 있었다. 즈카친은 벽돌 통로 여기저기에 웅크려 앉아 잽싸게 손을 놀리면서 오늘 해야 할 일들을 소화하고 있었다.

 "사람들이 다니지 않는 시간대만 이렇게 돌볼 수 있어. 지금은 괜찮지만 여름에는 온도 관리가 가장 큰 일이야. 철판은 열이 모이기 쉽기 때문에 더위로 흙이 푹푹 찌거든. 작년엔 그래서 몇 포기나 말라 죽어 버렸어. 올해는 철판과 흙 사이에 단열재를 넣어 봤지. 물주기는 원칙적으로 비님에게 맡겨 두고 있지만 햇볕이 내리쬐는 시간은 페트

병에 물을 담아 와서 주기도 해."

작업을 끝낸 즈카친은 이마에 맺힌 땀을 닦았다. 열중할 수 있는 취미를 가진 사람의 얼굴은 생기가 흐른다.

"일부러 여기까지 왔으니 우리 집에 왔다 갈래? 가방도 찾아 주었는데 주스라도."

딸기 밭을 뒤로 하고 즈카친이 집까지 데려다 주었을 때 그런 말이 몇 번이나 목 안에서 맴돌았다. 하지만 무엇 때문인지 주눅이 들어서 아무 말도 못하고 헤어졌다. 대접을 잘 할 수 있을지 없을지 조금 자신이 없었다. 맨션 앞에서 헤어진 뒤 실수했구나, 하고 잠시 생각했다. 친구가 없다는 의심을 풀어 줄 절호의 기회였는데.

집으로 들어오자마자 나는 내 방으로 곧장 들어가 잡지꽂이에 쑤셔 넣어 둔 점성술 잡지를 넘기기 시작했다. 케이크 딸기의 이야기는 이번에 처음 들었지만 산딸기에 관해서는 들어 본 적이 있다. 분명 이 잡지에서 사진을 언뜻 본 듯한 느낌이 들어서 팔랑팔랑 책장을 넘기자 역시, 있다, 있어.

「종합 특집 행운의 퀴즈 / 행복을 부르는 새빨간 과일」

아아. 이 얼마나 여자들 마음을 부추기는 제목인가. 나도 모르게 몸을 쑥 내밀고 기사를 읽었다. 그 내용을 간추려 보면 첫째, 모처에 사는 어느 부인이 산딸기 모종을 아는 사람한테서 얻었다. 곧 애인이 생겨 눈 깜짝할 사이에 결혼에 골인. 둘째, 그런 뒤에 또 그 부인이 여자 친구 몇 명에게 모종을 나누어 주었는데 받은 사람들 모두 결혼에 골인. 셋째, 그 에피소드가 어느 여성 주간지에 소개되자마자 일본 국내의 원예 가게에 모종의 주문이 쇄도했다는 이야기이다.

그렇구나, 어쩐지. 산딸기 모종을 키우면 곧바로 연애 운이 상승하나 보다. 그럼 아까 즈카친에게 얻어 올걸. 아니 굳이 얻지 않아도 열매를 먹지 않았는가. 재배하는 것보다 먹는 쪽이 효과가 있는 게 아닐까. 예를 들면 아사미가 다른 남자에게 갑자기 마음을 빼앗겨 삼각관계가 복잡해진 끝에 즈카친을 차 버린다든가. 그럼 내가 슬픔에 찬 즈카친 옆에 붙어서 위로해 줄 수 있을 텐데.

"고마워. 좀 힘이 나. 나오미 넌 참 자상하구나."

"아니야. 즈카친이 진심으로 걱정이 될 뿐이야."

"걱정해 줘서 기뻐. 나는 참 바보야. 나오미 같은 멋진 사람이 가까이 있는데 그걸 몰랐어."

"어머, 갑자기 왜 그래?"

"나, 네가 좋아질 것 같아. 아사미에게 차였다고 하는 화풀이가 아니야."

"즈카친……."

이라고 전개되면 정말 어떻게 할까? 생각만으로도 입이 벌어지지만. 나는 혼자서 빙긋빙긋 웃으며 기사를 몇 번이나 되풀이해 읽고 달콤한 환상에 담뿍 빠져 그 주말을 아무 일도 하지 않은 채 보냈다. 가방의 내용물을 다시 점검할 생각이 든 것은 꿈같은 상상에 마침내 질린 일요일 저녁이었다. 맞다, 중요한 원고, 하면서 늦으면 안 된다는 생각에 A4 파일을 가방에서 꺼냈다. 못 보던 종이 한 장이 팔랑, 마루에 떨어진 것은 그때다. 원고 다발과 파일 사이에 끼어 있었나 보다. 두 번 접은 종이에 무슨 글자가 씌어 있다. '뭐지 이게?'라면서 먼저 눈으로 보았다.

모리시타 나오미에게

안녕. 무료함을 달래려고 원고를 읽어 보았단다. 모리시타는 주로 시 쓰는 것에 힘쓰고 있는 것 같은데 여기에 있는 5편의 시는,

솔직히 말해서 졸작이야. 졸작이란 말이 기분 나쁘다면
모조품이라고 할까? 시인인 척하며 지었더군. 남의 작품 모방도
많고. 예를 들면 〈폭우〉라는 작품 3행에서부터 7행째. 랭보의
〈지옥의 계절〉에 나오는 문구와 똑같아.
〈너를 생각한다〉라는 작품의 원 출처는 요사노 아키코잖아.
표 나지 않게 날치기해 올 작정이었겠지만 그 작품을 읽은
사람이 본다면 알 수 있단다. 〈땅 끝에서〉는 윌리엄 깁슨과
데라야마 슈지의 정신세계가 뒤섞여 있더군. 나도 모르게 웃고
말았는데 너는 사람들을 웃기려고 작품을 쓰는 것이 아니잖아.
그렇다면 좀 더 진지한 작품을 쓰는 데에 몰두해.
시를 쓰는 자신에게 취하기 전에 왜 시를 쓰는지를 생각할 것.
마음 밑바닥에서부터 호소하고 싶은 주제가 없으면 단순한
말놀이 같은 작품밖에 나오지 않아.
이상이 내 감상이다. 중학생한테 너무 심했나? 그렇다면 미안해.
이 말에 기죽지 말고 열심히 계속 써. 시를 통해서 네가 정말로
말하고 싶은 것이 있다면.

                                     시바사키 슈스케가

고막 안이 윙윙 울려 그곳에서 쓰러질 뻔했다.

09

 한 고개를 넘으면 또 한 고개. 어쨌든 이 세상은 살아가기 힘들다. 눈을 감으면 떠오르는 것은 슈스케 씨의 해사한 얼굴. 처음 만나는데도 허물없이 대해 줘서 참 다르다고 생각했더니. 남의 작품을 몰래 읽고 감상 따위를 써 놓았다! 게다가 지독한 폄하. 급소가 찔린 만큼 용서할 수 없다. 이건 전혀 재능이 없다는 말이나 마찬가지다. 아니, 감히 지하도 노숙자가 문학에 대해서 말하다니? 더구나 성이 '시바사키'라고 했다. 그 남자, 대체 누구지?
 "어라, 즈카친한테 못 들었니? 그 사람 우리 오빠야. 10살 위니까 24살이지. 지금은 대학원생이고 인간 행동학을 전공해. 그래서 때때로 이상한 현장 연구를 시도하지. 사기 숭배 집단과 공동생활을 한다든지 분쟁 지역에서 캠프를 치거나 완전히 노숙자가 되거나. 이른바 현지 조사라나. 자세한 것은 잘 모르지만 그런 까닭으로 올해 봄부터 지하도에서 살고 있어. 지하도는 여름엔 비교적 시원해서 지낼 만한가 봐. 힘들 때는 비오는 날인데 바닥이 온통 물에 잠겨 버린대. 오빠는 엄청난 독서광이라 텐트에 책을 갖다 놓거든. 그게 젖으면 큰일이니까 비닐 덮개로 다 덮어 둬. 뭐 우리 오빤 늘 그러니까 우리 가족은 아무 간섭 안 해. 뭐 신경 쓰이는 일이라도 있어?"

내가 던진 질문에 대한 아사미의 대답은 이랬다. 거봐, 뭐가 노숙자냐고. 사실은 정말 아니꼬운 인텔리잖아. 거기에다 엄청난 독서가이고. 내가 쓴 시의 서투름을 알 정도로 문학에도 정통해 있고. 아사미를 능가하는 독설가이고.

이럼 안 돼. 쓸데없이 화내서 혈압만 높아졌다. 가방을 찾아 준 것은 진심으로 고맙지만 그거랑 이건 차원이 다르며 납득하기 어려운 것이다.

제길, 이건 무시하자, 무시, 라며 피하는 것도 생각했다. 어차피 앞으로 두 번 다시 지하도에 갈 일도 없기 때문이다. 시간이 지나면 틀림없이 마음이 진정될 것이다. 하지만 하룻밤이 지나도, 이틀 밤이 지나도 화가 가라앉지 않왔다.

"미안하지만 마감을 좀 연장했으면 좋겠어. 남은 쪽수를 메울 새 시를 써야 할 것 같아서."

가방이 무사히 돌아온 것을 동아리 모임에서 말한 뒤 나는 비장한 각오를 하고 노노무라에게 부탁했다. 아무리 마음 약한 나이지만 양보할 수 없는 것은 양보하지 않는다. 흘려 넘길 수 없는 평가에는 철저히 항전할 것이다.

"그렇지? 나도 이대로 가면 안 될 것 같아. 그럼 일주일 늦춰 줄까? 네가 써 주면 다행이지 뭐."

노노무라는 그렇게 말하면서 스케줄 수첩에 눈길을 주었다. 그러고 나서 불쑥 목소리의 톤을 한 옥타브 낮추며 물었다.

"저기, 그건 그렇고 나오미, 너 요즘 위험한 일에 처한 거 아냐?"

"위험한 일?"

이 엄청난 말을 무슨 뜻으로 하는 건지 몰랐다.

"아니면 괜찮지만. 며칠 전에 나오미 네가 즈카친이랑 거리를 걸어 다녔다는 소문을 언뜻 들었거든. 같은 반도 아닌데 왜 네가 시바사키 아사미 애인이랑 친해졌는지 궁금해서. 너 얼마 전까지만 해도 그 애 잘 몰랐잖아. 전에 이야기할 때도 전혀 모르는 것 같더니만. 그래서 좀 마음에 걸려서 너희 반에 살짝 가 보니 시바사키 아사미가 네 옆 자리에 앉아 있더라."

"아, 그건 키요미즈가……."

"응. 그 이야기도 소문으로 들었어. 키요미즈가 결석한 사이에 자리를 강제로 빼앗았다며."

"가, 강제로 빼앗았다는 말은 좀."

"그래서 말인데, 뭔가 좀 이상하잖아? 생각해 봐, 나오미 넌 얌전하니까 시바사키 입장에서 보면 다루기 쉽다고나 할까. 봉으로 삼기 쉽다고 할까. 즈카친도 시바사키 부하 같은 존재잖아. 혹시 그 두 사람이 괴롭히나 해서."

"괴롭혀?"

너무 깜짝 놀라 말이 목에 걸렸다. 그 두 사람과 내가 함께 있으면 그렇게 보이는구나. 즈카친과 시내에 있었다면 아마 보조 가방을 도난당한 날일 것이다. 그때는 둘이서 필사적으로 가방을 찾아다녔기 때문에 누군가가 보고 있다고는 상상도 못했다. 노노무라의 추리는 사실과 전혀 다르지만 호의로 말하는 것만은 부정하기 어렵다.

"무슨 일이 있으면 솔직히 다 말해. 괴롭힘을 당하고도 참으면 점점 심해진다잖아. 참, 요전에 제2초등학교 출신 애한테 들었는데 시바사키 아사미 걔가 초등학교 5학년 때 사건을 일으켰다며? 뭐가 맘에 안 들었는지 어떤 수업을 보이콧해서 담당 선생님을 노이로제 걸리게 해 퇴직으로 몰고 갔다지? 그 애라면 그 정도 일은 식은 죽 먹기겠지. 인간을 인간이라고 생각하지 않는 무서운 애잖아."

이런 상황에서 멈칫거리는 것은 그리 옳은 일은 아닌 것 같다. 노노무라는 자기 맘대로 이해하고 눈썹을 찌푸렸다. 언제 그때의 이야기가 누설되었지? 그 일만이 아니라 있는 말 없는 말, 꼬리가 잔뜩 붙어 있다. 나는 마음속으로 허둥대며 가까스로 말을 이었다.

"알았어. 무슨 일 있으면."

하지만 있을 리가 없다.

어쨌든 마감은 일주일 뒤로 미루어졌다. 원숭이 흉내가 아닌, 졸작도 아닌 작품을 내야만 스스로 원해서 마감 기한을 늘린 의미가 있다. 나는 날마다 어디에 가든 원고지를 들고 걸었고 머리에 떠오른 어구를 모조리 써 두었다.

밤에는 내 방 책상에 붙어 앉아 하루 종일 써 모은 것을 부풀리거나 다듬거나 했다.

"이제 좀 그만 하지, 그 짓. 쓱싹쓱싹 시끄러워 죽겠어."

칸막이 너머에서 침대로 기어 들어간 유타가 중얼중얼 불평을 했다.

"너, 어디 열나니? 눈이 충혈되었어."

수업도 제쳐 두고 생각을 짜내는 내가 마음에 걸렸는지 천하의 아사미마저도 걱정스럽다는 듯이 중얼거렸다. 틀렸어. 전혀 집중이 안돼. 아무리 집중을 해도 마음만 앞설 뿐 생각한 결과가 나오지 않는다. 어른스러운 느낌의 시를 쓰려고 했는데 어느새 젊고 발랄한 시로 변했고, 사랑하는 마음에 대해 이야기하려고 했는데 가족에 대한 푸념이 되고 만다. 노노무라에게 '쓸 것 같다'고 선인한 것이 실수였다. 프로도 아닌데 그리 쉽게 예고 안타를 날릴 수는 없다. 떠오르는 것은 어디선지 한번은 들어 본 적이 있는 어구뿐이다. "아아, 마음이 부서져 버릴 것 같아."라거나 "달 밝은 밤에 짖는다."라거나 "솟아나는 눈물이 멈추지 않는다."라거나 "근심 띤 그 눈동자."라거나.

아무래도 나는 재능이 없나 보다.

어쩐지 슬퍼졌다. 아마추어 주제에 무작정 시를 좋아한다는 말만으로도 가슴이 설레었다. 체념하지 말고 힘내, 나오미! 그렇게 자신을 격려해 봐도 심한 부담감으로 한 발짝도 앞으로 나아갈 수가 없다. 도대체 나는 왜 시를 쓰는 게 좋은가? 시를 통해서 이것만은 꼭 세상에 말하고 싶다는 그런 생각이 내 가슴속 어디에 있는지, 도대체 알 수가 없다.

고민만 하는 사이에 나흘이 훌쩍 지나가 버렸다.

"정말 싫다."

백지 원고지를 노려본 지 3시간째. 나는 그만 히스테리를 일으키고 샤프를 던졌다. 시간은 새벽 1시가 지났다. 유타는 숙면 중이다. 창밖으로 보이는 불빛도 자동차 라이트와 네온사인뿐이다. 나 말고도 많은 사람이 밤을 지새우고 있겠지만 주택가 불빛의 대부분은 빛을 가리는 커튼 뒤에 숨어 있다.

그러고 보니 한밤중의 주택가를 혼자 걸어 본 적이 한 번도 없군.

그렇게 생각한 순간 마구 바깥 공기가 마시고 싶어졌다. 평소의 정신 상태였다면 절대 그런 짓은 생각도 나지 않았을 것이다. 만약에 떠올랐다고 해도 실행하려고 생각하지 않는다. 그럼에도 그날의 나는 심하게 충동적이었다. 쌓이고 쌓인 스트레스가 한꺼번에 폭발한 것 같았다. 괜찮아. 안 들킬 거야. 가족들은 모두 잠들었잖아. 그래. 나갈 때 현관 열쇠만 잠그지 않으면.

나는 아무런 망설임도 없이 불쑥 집을 빠져나갔다. 아, 밤바람이 기분 좋은데, 라는 혼잣말을 하면서. 지금 생각하면 완전히 판단력이 흐렸었다. 불과 수십 일 전에 도난 피해를 당해 놓고선. 일본의 치안이 급격히 악화되고 있다는 것 정도는 텔레비전이나 신문 보도를 통해 몇 번이나 보고 들었으면서도.

사건에 직면한 것은 집을 빠져나간 지 몇십 분 뒤. 딸기밭으로 통하는 길을 걷기 시작하자마자였다. 역 방면에서 온 스쿠터가 갓길에 끽 하고 멈추는 소리. 투닥투닥 뛰는 인기척과 남자 아이들의 웃음소리.

순식간에 주위가 불온한 공기에 휩싸였다. 나는 곧 움직임을 멈추고 가로등 뒤에 섰다. 웃음소리가 들리는 곳은 거의 10미터 앞쪽이다. 가로등이 없는 외길에서 시커먼 사람 그림자 서넛이 뒤엉키듯이 서로 장난치면서 엉거주춤

한 자세로 무리지어 있다. 뭘 하나 했더니 도로 방음벽에 낙서를 하고 있었다. 스프레이를 찰랑찰랑 흔들어 가면서 익숙한 손놀림으로 공동 작업을 한다. 바람이 불어오는 쪽에 있던 내 몸은 페인트 냄새를 정면으로 뒤집어썼다. 지금까지 맡아 본 적이 없는, 코를 찌르는 자극적인 냄새.

"캑."

나도 모르게 입을 틀어막고 숨을 막은 것이 내 운의 끝이었다.

"누가 있어."

망을 보던 아이가 나지막이 속삭이자 스프레이 소리가 뚝 끊기고 미묘한 고요가 감돌았다. 위험해. 저런 애들에게 잡히면 무슨 일을 당할지 몰라. 이런 한밤중에 도와 달라고 소리쳐도 아무도 오지 않을 거야.

"있다니 어디에? 안 보이는데."

"무슨 소리가 들렸어. 보고 올게."

망보는 아이와 몇 명이 이쪽으로 다가온다. 나는 잽싸게 몸의 방향을 반대로 돌려 탈출했다. 방금 온 길과는 전혀 다른 방향을 골라 도망친 것은 패거리들이 쫓아서 우리 집까지 오면 곤란할 것 같다는 생각 때문이었다. 쫓는 자를 따돌리는 데 효과적인 것은 우선 종적을 끊는 것. 나는 모퉁이라는 모퉁이는 다 오른쪽 왼쪽으로 돌아 숨이 찰 때까지 뛰고 또 뛰면서 조심스럽게 뒤를 돌아보았다.

다행이다. 아무도 따라오지 않는다.

마음속으로 안심하고 주변을 둘러보았다.

……그런데. 여기는 도대체 어디지?

10

 큰맘 먹고 밤 산책을 나섰는데 별안간 미아가 되어 버렸다. 나 스스로 생각해도 한심하다. 뭐 하는 거야, 진짜.
 불평을 해도 소용없어서 우선 걷기로 했다. 아무리 미아가 되었지만 전혀 모르는 곳은 아닐 것이다. 이 동네에서 산 지 14년. 우연히 자신의 행동 범위를 벗어난 지역에서 헤매게 되어 길을 모를 뿐이다. 가족들이 자고 있는 맨션 정도는 걷다 보면 틀림없이 보일 것이다. 아마 이쪽 방향으로 가면. 아니, 혹시 저쪽인가?
 그렇게 직감에 의지하며 걸었는데 느닷없이 길이 없어졌다. 눈앞의 땅은 절구 모양으로 움푹 파여 있고 철책도 끊겼다. 가까이 가서 아래를 보니 새까만 수면이 보인다. 희미한 물소리. 맡고 싶지 않은 냄새로 보아하니 시궁창 같다. 우리 집 근처에 이런 곳이 있었나? 음, 전혀 기억에 없다. 우선 집처럼 생긴 것이 여기는 하나도 보이지 않는다. 어쩌면 더 엉뚱한 길을 걸어왔을지도 모른다. 그렇게 생각하니 자신의 엄청난 어리석음에 소름이 끼쳤다. 미아가 된 시점에서는 그래도 집이 띄엄띄엄 있었다. 이런 곳까지 오기 전에 그곳에서 누군가에게 길을 물었어야 했다.

잇따른 판단 실수 덕분에 자신이 전혀 없어졌다. 헛수고와 비례하듯 불안감이 증폭되었다.

유괴? 가출? 중2 여학생, 어젯밤부터 행방이 묘연함.
시궁창 옆 변사체는 수색 중인 중2 여학생으로 판명. /
현장 근처에서는 행인이 저지른 상해 사건이 마해결.

아마 남보다 상상력이 뛰어난 탓이라고 생각한다. 이런 불길한 뉴스 원고를 금세 떠올리다니. 그것도 하나의 재능이라고 남들한테 가끔 듣지만 그 재능이 시 창작에 소용되지는 않는 것 같고, 상상력이 뛰어난 것이 오히려 해를 끼칠 때도 있다. 머릿속에서는 쏴아쏴아 모래 바람이 거세게 불고 있다. 아무튼 사고 정지 상태에 이른 상황. 그 증거로 내 두 발은 아까부터 거의 움직이지 않는다. 어떤 방향으로 진로를 잡을지 스스로 정할 수가 없기 때문이다.

나는 안되나 보다. 아무리 시간이 지나도 성장하지 않는다. 중압감이 들면 느닷없이 짓눌려 짜부라진다. 그게 싫어서 도망치고 싶어지고 기분 전환하고 싶다느니 밤에 산책하러 나가고 싶다느니 하면서 일부러 문제로부터 한눈을 팔았다. 오늘 밤의 나와 가방을 잃어버린 그날의 나도 바로 그랬다. 지금으로부터 꼭 3년 전의 모리시타 나오미도 그랬다.

생각하는 것조차 내키지 않아 잊은 척하고 있었다. 어디까지나 척은 척이다. 결코 잊을 리가 없지 않은가. 제2초등학교 5학년 2반에서 일어난 한 소동. 노노무라가 말했던 '사건'이라는 것은 바로 이 일이다. 다만 노노무라가 들었던 소문은 사실과는 거의 다르다. 먼저 사건은 아사미 혼자서 일으킨 것이 아니다. 나를 포함한 5학년 2반 여학생 모두가 관련되어 있었다. 사건의 충격으로 선생님이 사표를 냈다는 말도 거짓말이다. 소동이 있었던 다음 해 봄에 결혼하면서 퇴직했을 뿐이다.

사건의 발생은 체육관에서 일어난 사소한 충돌 때문이었다. 가을 구기 대회 연습용으로 빌리기로 했던 배구 코트 때문에 방과 후에 2반과 3반 여자 팀이 부딪쳤다. 대관은 예약제였는데 아마 이중 예약이 되었나 보다. 그런데 접수를 한 선생님은 출장 중이라 안 계셨다.

"어떻게 하지? 반쪽씩 쓸까?"

"반쪽씩 쓰면 좁아서 제대로 연습이 안돼."

"그렇겠다."

두 팀이 이야기를 하고 있는데 우연히 3반 담임인 음악 선생님이 지나갔다.

"그런 시시한 일로 옥신각신하고 있는 거야? 상관없잖아. 오늘은 우리 반이 조금 먼저 왔지? 그럼 2반이 양보해. 운동장이 비었으니 문제없을 것 같은데."

도대체 무슨 생각으로 그렇게 말했는지 지금 생각해도 어이없다. 구기 대회 날은 이틀 뒤라 시간이 촉박했다. 배구의 리시브 연습은 실내가 하기 쉽다. 운동장에서 하는 연습은 실전에서 불안이 남는다.

당연히 2반 여학생들은 입을 삐죽이며 항의했다. 그런데 구기 대회도 대회지만 어떤 일이든 승부에 목숨을 거는 여학생도 있다. 이중 예약이라면 어느 쪽도 권리가 있는 것이니 적어도 가위바위보나 제비뽑기로 결정을 하고 싶어 했다. 더구나 자신이 맡은 반의 편을 들다니, 젊은 여자 선생님이긴 하지만 역성이 지나치게 심했다. 그런데 선생님은 성가신 듯 얼굴을 찌푸리며 우리 반 아이들을 볼 뿐이었다. 3반 여학생들은 그 사이 코트로 들어가 냉큼 연습을 시작해 버렸다. 2반 여학생들은 어쩔 수 없이 코트를 포기하고 운동장으로 나갔다.

"뭐야, 저 선생. 불공평하잖아. 저럴 줄 몰랐네."

"시시? 우린 대회를 위해 스케줄을 잡아서 열심히 연습하고 있는데."

"지면 다 저 선생 탓이야."

그런 대화가 연습 중에 튀어나온 것도 무리가 아니다. 솔직히 우리 반은 우승할 만한 팀은 아니었다. 실제로 구기 대회 날, 우리 반 여학생들은 A팀, B팀들에게 처음부터 졌다. 그렇지만 그 무렵의 여자 아이들은 화가 나면 무시무시한 파워를 발휘한다.

그걸 처음으로 입 밖에 낸 사람이 과연 누구였을까? 아사미가 그때도 분명 화려하게 눈에 띄는 아이이긴 했지만 모두를 선동하는 타입은 아니었던 것 같다. 5학년 2반에는 아사미 말고도 씩씩한 여학생들이 몇 명 더 있었다. 아사미가 있든 없든 소동은 일어났을 것이다.

2반 여학생 여러분에게
내일 5교시(음악 수업)에 보이콧을 합니다.
여러분! 꼭 협력해 주세요! 배신자는 따돌림.
보이콧 실행 위원회로부터

구기 대회가 끝난 뒤 비밀 쪽지가 여학생 전원에게 돌았다. 시합에 진 원통함도 있어서 여학생들은 터지기 일보 직전이었다. 온순한 나조차 울컥했을 정도니까. 여학생 21명 중 누구 하나 반대 의견을 내지 않았다.

그래서 우리는 집단으로 수업을 보이콧했다. 우선 "일어섯, 경례."의 호령을 무시하는 것부터 시작해서 책상 위에 올려놓아야 할 것들을 하나도 꺼내지 않고 아래를 본다. 과제 곡 피아노 반주가 나와도 노래하지 않는다. 리코더도 손대지 않는다. 뭐가 어떻게 되든지 움직이지 않는다. 옆에서 보면 대단히 이상한 광경이었을 것이다. 남학생들은 입을 쩍 벌리고 여학생들 모습을 바라보았다.
"어떻게 된 거야, 너희? 노래 따라해야지!"
수업 전반, 선생님은 여학생들에게 되풀이하여 주의를 주었다. 그래도 해결이 되지 않자 이번에는 부드럽게 말하기 시작했다. 체육관에서의 마찰은 전혀 기억하지 못하는 것 같다. 그런 정도의 인식이니까 보이콧을 당하지.
꼴좋다, 라며 의기양양한 것은 거기까지였다. 수업 후반, 선생님은 음악실을 뛰어나가 우리 반 담임 선생님과 학년 주임 선생님을 데리고 왔다. 그때부터 단번에 형세가 역전되었다. 상대는 어른이고 우리는 아이다. 상대는 교사이고 우리는 학생. 당연히 우리의 입장이 불리하다. 원래 이런 일은 끝마무리가 약해지는 법이다. 여세를 몰아서 한 것까지는 좋았지만 소동을 일으킨 뒤의 일에 대해서는 아무도 생각하지 못했다.
"이유야 어떻든 해서 되는 일과 안 되는 일이 있어!"
주임 선생님이 그렇게 말하자 어쩐지 그런 것 같았다.
위기를 느낀 여학생 일부는 고개를 떨군 채 울기 시작했다. 운다고 해결되는 일이 아닌데도 그런 아이가 꽤 많았다. 단결력이 약해지면 그 다음부터는 상대의 생각대로 된다. 어른 3명이 몰려들어 설교하고 어르더니 끝내는 교실 안의 질서를 어지럽힌 벌로 200미터 트랙을 10바퀴 돌라고 했다. 당연히 남학생들은 상관없으니까 가만히 소동을 지켜보다 수업이 끝난 뒤 학급 회의를 마치고 잽싸게 돌아갔다.

왜 그런 일을 했는지 스스로도 잘 알지 못한다. 어깨를 늘어뜨린 친구들과 섞여 운동장으로 나갔을 때 나는 불쑥 다 같이 벌을 받고 싶지가 않았다. 다 같이 해서는 안 되는 일을 한 것은 사실이지만 그렇다고 해서 일방적으로 비난받는 것은 참을 수가 없었다. 11살인 초등학생에게는 그게 할 수 있는 전부였다. 체육관에서 일어난 사건으로 얼마나 불쾌한 생각을 가졌는지를 논리적으로 호소할 수가 있었다면 벌써 그렇게 했을 것이다.

나는 운동장에서 교실로 돌아와 집에 갈 준비를 했다. 이해할 수 없는 일을 하는 것은 죽어도 싫다고 생각했기 때문이다. 아무리 말이 없고 얌전해도 감정까지 없진 않다. 자존심도 있고 고집도 있고 더 이상 물러설 수 없는 선도 있다.

"어, 벌써 다 뛰었어?"

승강기로 가는 도중에 누군가가 말을 걸었지만 못 들은 척했다. 나는 학교를 뛰어나와 헐레벌떡 집으로 돌아갔다. 귓불이 뜨거워진 것은 흥분한 탓이라고 생각했다. 하지만 모처럼의 두근거림도 그리 오래가지 못했다. 그날 오후 바로 담임 선생님이 집으로 전화를 걸었고 그날의 사건이 모두 들통 났다. 부모님은 물론이고 유타에게도.

 개인적으로 힘들게 된 것은 그 다음이었다. 다음 날 방과 후, 나는 교무실로 불려 가 담임 선생님에게 호되게 야단맞은 뒤 반성문을 썼다. 그 다음 날에는 엄마가 학년 주임 선생님에게 불려 가 가정환경이나 예의범절에 대한 면담을 받은 것 같았다. 나는 바짝 움츠러들어 변명 한 마디 할 수가 없었다. 반항할 생각은 요만큼도 없었는데.

 "무슨 짓을 한 거야, 진짜. 창피한 줄 알면 하지 말아야지. 너 같은 짓을 한 애는 너 혼자라며? 선생님도 어이가 없는지 할 말이 없는 것 같더라. '하필 얌전한 모리시타가.'라면서."

 면담을 끝내고 돌아오자마자 엄마는 중얼중얼했다.

 "뭐야. 누나, 나쁜 짓 해서 야단맞았어? 바보 아냐? 우헤헤헤."

아무것도 모르는 주제에 유타는 마구 우쭐해하며 웃었다.

맥이 탁 풀려 그때만큼은 눈물도 한 방울 나오지 않았다. 나에게 어울리지 않는 짓을 해서 쓸데없는 창피를 당하고 보니 내 편은 아무도 없었다. 그런 짓은 안 하는 게 좋았다. 나는 엄청 후회를 했다. 동시에 나 자신의 위치를 아주 잘 알게 되었다. 가족들 사이의 인기도나 교실 안에서의 입장을 그때까지 특별히 의식해서 생각한 적은 없었지만 누구 한 사람도 나를 위로해 주지 않았다. 내 의견에 귀를 기울여 주는 사람조차 없었다. 내가 아는 한 내 편은 없다. 의지할 친구도 없다. 푸념할 친구도 없다. 그런 자신에게 희망은 없다. 그날 밤, 내 방 창문에서 바라본 밤하늘은 잔뜩 흐려 있었다. 그래, 지금 내 머리 위에 펼쳐져 있는 하늘과 정말로 똑같은 색이었다. 잿빛 구름들 사이로 창백하게 빛나는 어슴푸레한 달. 이윽고 시야에 한 줄기 빨간 빛이 비친다.

……엉? 잠깐. 뭐지 이 빛은?

참 나, 설마 경찰에게 보호 받을 줄은 꿈에도 몰랐다. 빛나던 것은 경찰차 지붕에 튀어나온 빨간색 등. 근처 빌딩에서 나를 보고 있던 사람이 이상한 사람을 목격했다고 연락을 한 것 같다.

"산책하러 나왔다가 길을 잃었다고? 집이 어디야. 3번지? 3번지면 여기서 한 블록 앞이잖아. 위험해. 밤길은 낮과 달라 보이니까. 이 근처는 치한도 자주 나온단다. 앞으로 그러면 안 돼. 부모님이 걱정하시잖아."

경찰관은 그렇게 말하곤 나를 집까지 데려다 주었다. 시각은 새벽 3시 반. 아버지와 엄마는 경찰에게 미리 연락을 받고 맨션 앞에 서 있었다. 두 분 다 잠옷 차림이고 머리는 부스스. 망연자실. 경찰차에서 내리는 나를 봐도 거의 무반응.

"하여간 얼른 쉬도록 하렴."

어째서 이렇게 고분고분 말하지? 어지간히 충격이 컸나 보다. 마치 종기라도 다루듯 날 조심스럽게 다룬다. 덕분에 잔소리 한 마디 듣지 않고 끝났지만. 재수가 좋은 건지, 나쁜 건지에 대한 판단은 미루기로 하자.

방으로 들어가서 나는 얼른 침대 속으로 기어 들어갔다. 죽을 만큼 몸이 지쳐서 그대로 푹 잠들었다. 아침엔 수면 부족과 다리 근육통으로 고생했다. 그래도 억지로 학교에 간 것은 마음에 걸리는 일이 있었기 때문이다. 전에 지하도에서 들은 '항쟁'에 관한 대화. 그때는 무슨 말인지 몰라서 제대로 듣지 않았는데 분명 '스프레이 갱'이라는 말을 누군가가 했었다. 어젯밤 내가 맞닥뜨린 그 집단이 혹시 셋이서 말한 것과 어떤 관계가 있을지도 모른다.

"음, 어쩐지. 그 애들이 철책에 낙서를 했다는 거지? 다 같이 검은 파카를 입었고. 모자는 쓰지 않았다? 그리고 모인 것은 네댓 명이고 다들 고등학생쯤으로 보이고.……근데 모리시타. 미안하지만 잠깐 위로 오지 않을래?"

점심시간이 되기를 기다려 어젯밤 이야기를 다 하자 아

사미는 곧 알겠다는 얼굴로 그렇게 말했다. '위'라는 것은 요컨대 옥상을 가리키는 것 같았다. 쉬는 시간에 즈카친과 아사미가 다니는 장소다. 인기척이 없다는 것과 위험하다는 이유로 출입이 금지되어 있지만 출입구의 작은 열쇠가 부서져 있다는 것은 이미 알고 있는 사실이다. 당연히 나는 아사미와 달리 교칙을 잘 지키는 편이라서 이런 경우가 아니면 가려고 생각하지도 않는다.

말한 대로 옥상에 가서 가만히 기다린 지 몇 분. 즈카친을 옆에 데리고 아사미가 모습을 나타냈다. 교복을 입지 않았다면 여자 두목과 그 부하. 아무리 보아도 사귀는 사이의 관계라고는 생각할 수 없다. 즈카친이 손에 들고 있는 것은 귀퉁이가 찌그러진 종이봉투. 사물함에 넣어 두었던 것을 꺼내온 것 같다.

"자. 그럼 느닷없겠지만."

아사미가 말을 꺼내며 즈카친을 본다. 재빠른 눈짓. 두 사람 사이에서 번쩍번쩍하는 불꽃이 튀었고 그것만으로 말이 통한 것 같다. 즈카친은 가볍게 고개를 끄덕이며 종이봉투 속을 주섬주섬 더듬는다. 꺼낸 것을 발밑 콘크리트 바닥에 늘어놓는다. 목걸이 모양의 방범 벨. 휴대용 최루 스프레이. 전기 면도기를 닮은 정체를 알 수 없는 소형기기. B4 파일과 동영상 기능이 달린 휴대 전화.

이건 또 뭐야, 라고 생각하는 사이에 아사미는 파일을 잡았다. 그리고 내 앞에 내밀면서 페이지를 넘기기 시작했다. 그 파일에 정리되어 있는 것은 프린트된 디지털 사진. 빌딩 외벽, 주택의 판자 울타리, 창고의 셔터, 전신주 등 거리 여기저기에 칠해진 색색깔의 낙서가 언뜻 보는 것만으로도 200장 가까이 있다.

"이건 나랑 오빠가 일 년 이상 모으고 있는 자료 가운데 일부분이야. 왜 이런 일을 하는지 그 이유는 나중에 자세히 이야기할게. 모리시타, 네가 만난 녀석들의 낙서, 기억하니? 이 가운데 똑같은 타입의 낙서가 있으면 가르쳐 주었으면 하는데."

응. 기억해. 오늘 아침에 등교하면서도 확인하고 왔는걸. 녀석들이 남긴 낙서는 고딕체 영자 로고야. 블랙과 실버의 심플한 색을 사용했어. 나는 파일을 받아 들고 페이지를 넘겼다. 그러나 안됐지만 파일 속에는 똑같은 모양의 낙서가 없다.

"이 말은 새롭게 끼어든 무리라는 얘기네. 에잇, 자꾸만 비슷한 패거리들이……. 나도 그 길을 가끔 지나는데, 집에 갈 때 들러서 찍어야겠다. 어쨌든 정보를 줘서 고마워, 모리시타. 도움이 됐어."

그렇게 말하면서 아사미는 다시 즈카친을 보았다. 아무래도 둘이서 미리 짜고 온 것 같다. 즈카친은 가볍게 고개를 갸웃거리며 내 주의를 끌고는 파일이 아닌 물건들에 대해 자세히 설명하기 시작했다.

"이 방범 벨, 로켓*을 세게 당기면 작동해. 음량은 약 90데시벨. 크기에 비해 고성능이야. 이쪽 최루 스프레이는 고춧가루액이 들어 있어. 효과도 빠르면서 인체에 해를 입히는 화학 약품을 사용하지 않았기 때문에 마음 놓아도 돼. 이 소형 기계는 전기 충격기인데 몸통에 있는 스위치를 누르면 머리 쪽 전극에 10만 볼트나 되는 전기가 흘러. 상대방 어깨 위에 대면 3, 4초간 전기가 통해서 20초에서 30초는 다리가 후들거려 서 있을 수 없게 돼. 그 이상 하면 바로 그 자리에서 쓰러져 몇십 분은 못 움직일 거야. 위력이 엄청나니까 만일의 경우에만 사용할 것. 이 휴대 전화는 슈스케 형한테서 받은 거야. 나오미 너, 휴대 전화 없

*사진이나 부적 등을 넣을 수 있게 만든 작은 상자. 보통 줄을 달아 목걸이처럼 사용한다.

지? 이거, 남는 거니까 빌려 줄게. 다만 우리들과 연락할 때 말고는 사용을 자제해 줘. 사용료가 슈스케 형 연구비에서 나온대. 그 밖의 도구는 인터넷 통신 판매에서 산 중고품이야. 쓸모가 있을 것 같아서 사물함에 늘 넣어 둔 것들이야."

그건 좋은데 무슨 일인지 사태를 전혀 이해할 수가 없다. 멍하니 있으니 즈카친이 손에 들고 있던 물건들을 종이봉투에 다시 넣고 내 가슴 쪽으로 내민다.

"어, 이거 전부 내가 가지는 거야?"

"응. 아주 조심해야만 돼, 나오미. 어젯밤 스프레이 갱들에게 네 얼굴이 알려졌을지도 모르잖아? 그럼 이 정도는 당연해. 만약의 경우를 생각해서."

"만약의 경우?"

"나오미, 너 그 길로 등하교하지? 그럼 그 사이 녀석들과 우연히 마주칠지도 모르잖아. 그런 짓을 하는 패거리들은 자기 구역 의식이 강하거든. 게다가 우리 생각보다 훨씬 질 나쁜 패거리들도 있어."

"그렇다고 이렇게 야단법석을."

아무리 그렇다 해도 심하다. 내가 동의를 구하려고 아

사미 얼굴을 보았더니,

"넌 너무 여려."

혹독한 말이 돌멩이처럼 날아왔다. 그런가? 그렇게 내가 여린가? 하지만 어디가 여린지 몰랐다. 알고 싶지도 않지만 모르니까 더 두렵다. 원래 나는 기회주의자에다 평화애호가인데 어느새 너희들 동료처럼 대하다니.

나는 놀라 허둥거리다 그 다음 말을 잇지 못했다.

"너무 겁주지 마, 아사미."

"즈카친 너도 마찬가지야."

"그런데 그 건은 어쩔래?"

"그건 내가 책임질게."

한동안 아사미가 즈카친을 상대로 수수께끼 같은 대화를 펼치더니 갑자기 나를 보고 빙그레 웃으며 말했다.

"그렇게 목숨이 아까우면 지금부터 같이 좀 가자. 그 전에 교실로 가서 가방 가지고 와야지."

뭐? 지금부터, 라고? 지금 점심시간이잖아.

2

 십여 분 뒤 아사미와 나는 북쪽 출구 상점가로 갔다. 즈카친이 이끄는 대로 학교 안 비밀 통로를 더듬어 선생님들에게 들키지 않도록 뒷문으로 나왔다. 경찰차를 타고 귀가한 지 반나절도 지나지 않았는데 이젠 무단 조퇴. 아아, 하느님, 부처님. 제발 용서해 주세요. 나오미는 마침내 떨어질 때까지 떨어졌는지도 모릅니다. 나쁜 일이란 건 충분히 알겠는데 설레는 것은 왜일까?
 "말해 두지만 널 위해 이 시간으로 한 거야. 난 땡땡이 치는 게 폼 난다고 절대 생각하지 않거든. 나중에 미나미 선생님한테 무슨 말 들으면 내가 거들어 줄게. 근데, 너 아까부터 뭘 그리 싱글벙글이냐. 괜찮아?"
 아사미한테 그런 말을 들은 나는 당황해서 입술을 깨물

었다. 하지만 왜 여기에 오는 것이 한낮이어야 되지?

"방과 후엔 우리 또래 녀석들이 다니기 시작하잖아. 이 거리는 우리를 위한 가게가 없으니까 괜찮지만. 경우에 따라 불량배들이 몰려 있는 지역도 있거든. 그만큼 위험도 높지. 그럼 돌아다니기 힘들게 돼."

"그, 그렇게 무서운 사람들이."

"아니, 나야 딱히 누가 있든 상관없지만. 넌 뒤에서 누구한테 차이면 싫잖아."

"차인다고?"

그건 싫다기보다 죽어도 피하고 싶은 불행 가운데 하나이다.

"음. 잘 알겠지만 난 적이 많아. 이 근처에선 유난히 얼굴이 알려져서 여러 가지 의미에서 위험해."

"여러 가지 의미에서."

"응. 싸워서 진 녀석들이 집단으로 보복 싸움을 걸어온다거나. 쇠 파이프 같은 걸 준비해서."

"아아, 그래서 늘 멍투성이구나."

"그래, 그래. 아하하하."

아하하? 항문에서 공기가 다 빠져나와 몸이 오그라드는

줄 알았다. 결국 아사미와 행동을 함께 하는 것 자체가 위험한 일이다. 이렇게 위험한 중학생이 이 세상에 실제로 존재할까? 아니지, 존재하니까 이렇게 말을 하고 있겠지.

온순해진 나를 데리고 아사미는 터벅터벅 걷기 시작했다. 큰길에서 가지처럼 갈라진 옆길을 중심으로 때로는 지도에도 나오지 않을 것 같은 뒷길까지 들어간다. 목적지가 있는 줄 알았는데 그런 게 아니었다. 아사미는 길의 모퉁이라는 모퉁이는 반드시 한 번은 멈추어 서서 표시가 될 만한 건물이나 간판을 계속해서 찾고 있다.

"뭐 하는 거야?"

"뭐라니, 널 안내하잖아. 자자, 멍하니 있지 말고 잘 보고 잘 외워 둬. 만약의 경우에 도망칠 지름길, 샛길이 많이 있으니까. 덧붙이자면 이 구역은 작년 말까지 '브레이크 블루'라는 녀석들이 진지를 넓혔지. 저길 봐, 저기 'B'라는 알파벳 있지."

아, 진짜다. 문을 닫은 양품점 셔터에 고딕체로 크게 씌어 있는 오렌지 색깔의 'B' 자. 옥상에서 본 파일에도 분명 사진이 있었다. 하지만 그 글자 밑 부분은 끌 같은 걸로 지워 놓고 그 위에 덧씌운 듯한 다른 글자가 있다.

"그래. 그건 새로운 패거리인 '비룡'이야. 북쪽의 막강한 불량배들과 그쪽 약소 폭주족이 합쳤다는 말이 들리는데 실태는 아직 확인하지 못했어. 이 두 알파벳의 상태로 추측하자면 구세력인 '브레이크 블루'가 해산을 했든지 '비룡'과의 항쟁에서 져서 물러났든지 둘 중 하나라고 볼 수 있지. 이 구역만의 이야기가 아니야. 그런 작은 싸움 같은 것이 상점가 곳곳에서 거의 밤마다 일어나. 전혀 몰랐어? 으음. 위기의식 제로구나. 그러니까 태어나서 자란 곳에서 미아가 되지."

하기 힘든 말도 서슴없이 하는 아사미는 또 말을 이었다. 북쪽 출구 상점가에서 스프레이 갱 항쟁의 역사와 거기에 관련된 주요 팀의 세력 도표. 게다가 그 항쟁 극과는 별도로 벌어진 연속 도난 사건에 대해서도. 그건 자주 있는 타입의 도난 사건과는 다르며 훔치는 것도 금품이 아닌 아주 하찮고 작은 물건들이란다. 휴대 전화에 달려 있는 장식물이나 가방에 달려 있는 열쇠고리. 피해를 당한 사람은 초등학생부터 고등학생까지.

"시내에 소문이 난 것은 작년 여름 무렵이야. 하교하던 여고생이 신호를 기다리는 사이 가방의 옆 호주머니에 넣어 둔 휴대 전화를 잃어버렸대. 그런데 며칠 지난 뒤에 피해자가 우연히 현장을 지나갔는데 잃어버린 휴대 전화가 길바닥에 떨어져 있더라는 거야. 기계도 멀쩡했고 사용도 안 했는데 달려 있던 마스코트들만 송두리째 없어졌대. 그와 비슷한 이야기가 여름 방학 중에 여러 번 나와서 이 녀석은 뭔가 있다고 오빠랑 얘기했어. 스프레이 갱은 함께 행동하지만 이건 아마 단독범일 거야. 작은 물건만을 노려서 '마스코트 사냥꾼'이라고 이름 붙였지. 어때, 모리시타. 뭔가 느낌이 팍 오지?"

왔다, 왔어. 마스코트. 보조 가방에서 홀연히 사라진 분홍색 토끼 인형. 드디어 지하도에서 들었던 그 대화의 의미가 이해되었다. 아무튼 그 사건과 나는 뭔가 연결되어 있는 것 같았다. 그건 그렇고 왜 하찮고 작은 물건들만 노릴까 싶어 내가 고개를 갸웃거리니 아사미가 그걸 넘겨짚고 말했다.

"아무리 하찮은 물건이라도 가지고 있던 사람에게는 그 나름대로의 추억이랄까, 애착이 있잖아? 그런 거야. 예를 들어 지갑을 잃어버렸을 때도 돈보다 지갑 자체를 잃어버린 것이 속상할 때가 있잖아."

아아, 어쩐지 알 것 같다. 내가 잃어버린 토끼도 디자인이 썩 맘에 든 건 아니다. 하지만 실제로 없어지고 보니 이게 또 뜻밖에 아까웠다. 어쨌든 가방에 달려서 잃어버릴 때까지 2년 동안 행동을 함께 해 온 친구였던 것이다.

"응. 범인도 그런 걸 의식하고 이런 짓을 하는 것 같아. 그렇지 않으면 자신이 훔쳐 봤자 아무런 가치도 없는 걸 노리진 않겠지. 우리 오빠가 그러는데 오빠 어릴 때는 학교 배지 사냥이라는 것이 있었대. 다른 학교 학생의 배지를 불량배들이 협박해서 빼앗는 거지. 배지라는 게 그 학교의 상징이잖아. 전리품이 많으면 많을수록 세다는 증거가 되는 거야. 금품을 노린 절도에도 그 나름대로 의미가 있다는 거지. 오빠 말로는 '마스코트 사냥'은 '배지 사냥'의 변형된 종류로 성향이 꽤 현대적인 부분이 포인트래. 눈에 띄지 않아야 할 텐데도 휴대 전화를 원래 자리에 되돌려 놓으러 온다거나 이것 보라는 듯한 유쾌한 요소가 있는 범죄라는 거야. 전에도 언뜻 말한 적 있지만 그 녀석, 한 번 사라졌었거든. 작년 겨울 방학 뒤로는 전혀 피해 소식이 없었어. 그래서 그냥 끝났다고 생각했더니 예상이 빗나간 거야. 네 사건을 시작으로 피해 소식이 몇 건이나 우리 오빠한테 들어왔어. 부활한 게 확실한 것 같아."

아사미는 두 손을 목 언저리에서 깍지 끼더니 손가락을 딱딱 꺾었다. 보이지 않는 적을 추격 중인 형사 같은 얼굴로. 잡으려는구나, 하고 나는 내 멋대로 추리했다. 아사미에게 쫓기는 범인도 참 큰일이다. 그런데 아사미는 왜 이렇게까지 상점가 일에 깊숙이 관여할까? 처음에는 싸우기 위한 변명이라고 생각했지만 그것만이 다는 아닌 것 같다. 다른 까닭이 있을 것 같은 느낌이 들었다.

생각에 빠져 있는 동안에 아사미의 발걸음이 별안간 멈추었다. 낡은 아파트가 어지러이 늘어서 있는 막다른 골목 같은 곳.

"여기도 샛길?"

내가 묻자 아사미는 고개를 가로저으며 말했다.

"그게 아니라 저곳이 즈카친네 집. 지나는 길이라서 알려 주려고."

솔직히 빈말이라도 풍요롭다는 생각은 들지 않았다. 지은 지 30년은 지났을 것 같은 이층 목조 아파트이다. 함석지붕은 페인트가 마구 벗겨져서 녹투성이다. 담벼락에는 온통 초록색 이끼가 돋아 있다. 즈카친과 어머니가 살고 있는 집은 이층 북쪽. 창가를 장식한 화분과 빨래가 밖에서도 훤히 보인다.

"남쪽으로 한 블록 더 가면 도로와 지하철 선로가 만나니까, 초등학교는 모르겠지만 모리시타 너희 집과는 가까워."

분명 직선거리로 말하면 아사미네 집보다 가까울지도 모른다. 똑같은 남쪽 출구에 산다고는 하지만 아사미네 집은 서쪽으로 치우쳤고 우리 맨션이 서 있는 곳은 주택가 동쪽 끝이다. 덧붙여 말하자면 아사미네 집은 서양식으로 지은 대저택이다. 제2초등학교에서는 '어전'이란 별명이 붙여졌었다. 비가 샐 것 같은 낡은 아파트와 넓은 정원이 딸린 저택. 가정환경이 이렇게까지 다른 커플도 드물 것이다.

"너랑 즈카친은 정말 사이가 좋구나."

진지하게 중얼거리는 나에게 아사미는 시원스런 말투로 이렇게 말했다.

"응. 사이는 좋아. 연애 감정은 빼고."

"엉? 사귀는 거 아니니?"

"아, 그 소문은 그냥 유언비어야. 즈카친과는 1학년 때 같은 반이었고 우연히 친해졌어. 그 자식, 작고 연약하고 여성스러운 느낌으로 보이잖아. 게다가 전학생이라 남학생들에게 자주 놀림 당했거든. 한번은 쉬는 시간에 쓰레기통에 엉덩이가 처박혀 새우처럼 접힌 상태로 버둥거리고 있었어. 그런데 모두들 보고도 못 본 척하며 전혀 도와주지 않는 거야. 너무 불쌍해서 내가 구해 줬지."

"아아, 그럼 그때부터."

"그래. 그때부터 친해졌어. 나랑 같이 다니면 경호원을 고용한 거랑 같거든. 시내에 있을 때야 좀 다르지만 학교 안에서는 내 입김이 닿는 애라고 하면 아무도 안 건드리니까."

그렇구나. 그런 사이였구나. 아사미의 남자 친구가 아니라. 잠깐, 잠깐, 지금은 그런 걸 주목할 때가 아니야.

"모리시타, 왜 웃어?"

"아무것도 아냐."

"참, 맞다. 즈카친의 명예를 위해서 말해 두는데 즈카친이 겁쟁이는 아니야. 나랑 달리 사람에게 폭력을 휘두르는 것이 싫대."

"보, 보통은 다 그래. 나도 그렇고."

"아니, 보통 이상으로 싫어해. 남자답다거나 사나이답

다는 말도 싫어하는 것 같아. 케이크 딸기 이야기, 너도 즈카친한테 들었지? 그 케이크라는 게 사실은 이혼 축하 케이크야."

"이혼 축하?"

"응. 이혼할 수 있어서 다행이라는 건데 걔 어머니랑 함께 먹은 기념 케이크래. 원래 즈카친 아버지는 체격이 무지 좋은 사람인데 말보다 주먹이 먼저 나가는 타입이었나 봐. 술이 들어가면 난폭해지는 나쁜 버릇도 있었던 것 같고. 밤마다 즈카친네 어머니가 맞았다나 봐."

"어머나!"

너무한다. 우리 아버지도 곧잘 싸우는 편이지만 폭력을 휘두르지는 않는다. 그 느긋한 즈카친이 그런 일을 당했다니, 하고 경악하는 나를 개의치 않고 아사미는 또 이어서 말했다.

"그런 이유로 이혼한 뒤에 즈카친과 어머니는 이쪽으로 이사왔나 봐. 그런 저런 일로 비폭력주의자가 된 것 같아. 그래서 즈카친은 평소에 우유는 입에도 안 대. 급식으로 나오는 우유도 화장실에 몰래 갖다 버려."

"왜?"

"1밀리미터도 자라고 싶지 않아서 그런대. 잘 모르지만 즈카친은 어른이 되는 게 두려운가 봐. 부부는 헤어지면 남이지만 즈카친 자신은 폭력적인 아버지의 유전자를 반쯤 받아서 갖고 있으니까. 그대로 쭉 초등학생의 체격을 유지하고 있으면 추한 어른이 되지 않을 거라고 생각하나 봐. 진심으로."

"그래도 육체라는 건 저절로 성장하잖아."

"상식적으로는 그렇지. 하지만 정신력으로 어떻게든 된다고 즈카친이 말하더라."

이봐요, 그건 아무리 그래도 아니라고 생각해. 그렇게 깊이 생각에 잠겨 있는 내 어깨를 툭툭 치며 아사미가 말했다.

"자, 길 안내는 이걸로 끝. 나머지는 스스로 잘해 봐. 24시간 내내 나랑 즈카친이 따라다닐 수도 없으니 무슨 일이 생기면 신변의 안전은 자기 스스로 확보할 것. 우선 호신술 정도는 도서관 책으로 공부해 둬."

아아, 아사미가 웃고 있다. 나를 향해 빙그레. 몰랐다, 아사미가 웃으니 덧니가 반짝인다는 것을.

3

막다른 길을 나온 곳에서 나는 아사미와 헤어졌다.
"앞으로도 잘 부탁해, 즈카친을. 좋은 녀석이니까."
그렇게 말하면서 돌아선 아사미는 역과는 반대 방향으로 걸어가더니 지금 왔던 길과는 다른 길로 모습을 감추었다. 시간만 나면 상점가를 어슬렁거리니까, 또 아직 순회하고 싶은 다른 구역이 있는가 보다. 결코 놀이 삼아 하는 것이 아니란 건 알겠지만 왜 아사미가 그렇게까지 시내에 상관하는지는 수수께끼였다.
나는 아사미가 말한 대로 상점가 도로 표지판을 혼자서 대충 익힌 다음 떡 하나 못 얻어먹은 얼굴로 집으로 돌아갔다. 무단 조퇴한 일이 들키면 부모님께 어떤 변명을 하나, 라는 사악한 생각을 머릿속에 하면서. 하지만 그리 별

벌 떨며 걱정할 필요가 없었다. 엄마는 신기하게도 일찍 돌아와 있었지만 "왔니?"라는 말과 태도에 별다른 변화가 없다. 됐다. 학교에서 따끔한 전화는 오지 않은 것 같다.

안심하고 방문을 여니 그곳은 미개한 정글이었다. 다시 말하자. 반바지 차림의 초등학생들이 우렁차게 외치며 무리 지어 있었다. 유타와 함께 소란을 떨고 있는 것은 축구 동아리 패거리들. 방 안은 페트병과 과자 봉투로 발 디딜 곳이 없다.

"뭐야. 조용히 좀 하지."

"지금 승리 축하 파티 해. 시합에서 작년 리그 우승팀한테 이겼거든."

"지금부터 공부할 거야."

"하면 되잖아."

"못하니까 그렇지."

"우리는 엄마한테 허락 받았지롱. 불만 있어?"

눈썹을 찌푸리며 항의를 해도 유타는 전혀 움직이지 않는다. 불끈 화가 치밀었지만 인해 전술에는 무력하다. 여기서 물러설 수밖에 없다. 나는 문을 거칠게 닫고 냉큼 그곳에서 사라지기로 했다. 방문 너머로 들려오는 것은 유타와 친구들의 대화 소리.

"야, 너희 누나 인상이 별로야."

"응. 그러니 인기가 없지."

……누나의 위엄은 어디에 있는가? 제길, 유타 너 이 자식, 두고 보자.

키요미즈가 다시 학교에 온 것은 그 이튿날 아침이었다. 9월 말부터 결석하기 시작해서 약 20일 만에 한 등교다. 장기 결석의 까닭은 끝내 밝혀지지 않고 억측만이 나도는 가운데 교실로 돌아온 것이다. 자동적으로 아사미는 원래 자리로 돌아갔다. 이걸로 자리 배치도 정상으로 돌아왔다. 다만 키요미즈의 문제는 아직도 미해결이다. 키요미즈의 홀쭉하게 여윈 얼굴을 보니 키요미즈가 가족들에게 괴롭힘당했던 사실을 털어놓았다고 생각되지 않는다.

"멍청하긴, 저 자식. 부모님께 말하고 도움 받으면 될 텐데."

남학생 가운데 한 애가 그리 말했지만 너라면 그렇게 할 수 있겠냐. 담임 선생님하고 부모님을 대결시키면 더 찜찜해질 뿐이지.

"저렇게 장기 결석하면 미나미 선생님 쪽에서 그만둘지도 모르지. 그런 일은 교무실에서도 문제가 될 테니까."

여학생 가운데 일부는 이런 이야기도 했지만 아사미식으로 말하면 그 여학생은 여린 거다. 미나미 선생님은 자신이 무슨 일을 하든 교활하고 집요한 타입이다. 겨냥한 먹이를 천천히 마지막 궁지까지 몰아넣어서 처참하게 고통을 준 끝에 숨통을 끊는 것이 상습적이다.

어쩔 수 없다.

나는 그만 행동을 시작하기로 했다. 4교시에 물리 수업이 있었기 때문에. 이대로 가만히 있으면 미나미 선생님의 생각대로 된다. 나 자신도 그런 불유쾌한 짐작은 두 번 다시 하고 싶지 않았다.

"저기, 키요미즈. 잠깐 얘기해도 돼?"

셋째 시간이 끝난 직후 나는 아무렇지도 않게 옆 자리로 몸을 뺄었다. 키요미즈한테 내가 먼저 말을 건 것은 처음이다. 대체로 나는 남학생들과 친하게 말을 주고받는 성격이 아니다. 그래도 꽤 차분하게 이야기를 할 수 있었던 것은 즈카친과 아사미에게 부대껴서 조금 배짱이 생겼기 때문인 것 같다. 말주변이 없어도 열심히 이야기하면 어떻게든 될 것이라는 걸 알았다. 게다가 아사미의 두려움에 견주면 어떤 인간도 보살로 보인다.

"만약 내 생각이 틀렸다면 미안한데, 미나미 선생님 말이야……."

시간이 없어서 나는 바로 본론부터 이야기했다. 키요미즈는 갑작스런 일에 깜짝 놀란 것 같았지만 나는 그런 것에는 상관하지 않고 이야기를 계속했다. 훨씬 전부터 마음에 걸렸는데 그대로 두고 있었던 일. 키요미즈가 휘말린 비극의 뒤편에 보이는 것들을.

"그건 다시 말하면 내 필기 방법에 문제가 있다는 거야?"

그제서야 키요미즈는 매우 뜻밖이라는 듯이 눈을 동그랗게 떴다.

"응. 적어도 내게는 그렇게 보였어. 그렇게 생각하면 미나미 선생님이 비아냥거리는 의미도 통하잖아. 어쨌든 시험 삼아 다음 수업 시간에는 필기 방법을 바꾸어 봐. 다른 아이들과 똑같은 속도로 천천히 쓰면 될 것 같은데."

그 정도만 말하고 나는 물리 수업 준비를 시작했다. 키요미즈는 자꾸만 고개를 갸웃거리긴 했지만 할 수 있는 건다 해 본다는 마음으로 결정한 것 같았다. 수업이 시작된 지 몇 분 뒤, 미나미 선생님은 언제나처럼 필기를 시작했고 그게 끝나자 책상 사이를 순회하기 시작했다. 키요미즈가 결석 중일 때는 거의 이쪽으로 오지 않았지만 짐작대로 표적을 의식하고 있는 모습이 엿보였다.

저 봐, 오잖아.

나는 속으로 중얼거렸다. 따각따각 샌들 소리가 가까이에서 자꾸 왔다 갔다 한다. 키요미즈는 묵묵히 샤프로 쓰고 있다. 다른 아이들과 다르지 않은 느린 속도로. 물론 미나미 선생님이 옆을 지나쳐도 모른 척하는 얼굴로. 필기하는 데 열심인 듯한 연기를 잘 소화하고 있다. 미나미 선생님은 지루하다는 듯 그곳을 느릿느릿 지나가더니 두 번째 필기와 설명을 하고 다시 다가왔다.

"어라?"

미나미 선생님의 얼굴빛이 바뀐 것은 바로 그때다. 고개를 숙인 키요미즈의 등 뒤에서 휙 돌아 공책 내용과 칠판의 글자를 번갈아 가며 보기를 몇십 초.

"이거, 지금 네가 보충해서 쓰는 거니?"

진지한 얼굴로 묻는 요괴 교사. 미나미 선생님의 손끝

은 키요미즈가 직접 공책 여백에 그려 넣은 실험 도구를 가리켰다.

"아, 예."

얼마쯤 망설이다가 웃는 얼굴로 대답하는 키요미즈. 이걸로 겨우 미나미 선생님은 자신이 착각한 것을 깨달았다. 그래, 키요미즈는 언제나 성실하게 수업을 받았다. 필기를 하지 않는 것처럼 보인 것은 손이 빠르기 때문이다. 공책에 적힌 내용이 칠판 필기와 다르게 보인 것도 남는 시간을 이용해서 보충 설명을 쓰기 때문이다.

미나미 선생님의 이마에서 계절에 맞지 않는 땀이 흘러내렸다.

"여러분! 주목!"

다음 순간 미나미 선생님은 키요미즈의 공책을 천천히 들어 올리고 학생들의 주의를 재촉했다.

"잘 봐. 이게 우등생의 필기 방법이다. 내 필기를 베끼기만 하는 게 능사가 아니란 말이다. 밑줄은 빨간색과 초록색으로 깨끗하게 구분을 하고 여백에는 원 도형과 해설까지 붙였어. 이 알코올램프 그림, 직접 그렸지? 그렇구나, 대단해. 나보다 더 잘 그렸어. 이렇게까지 하다니 훌륭

해. 키요미즈."

미나미 선생님은 싱글벙글하면서 키요미즈에게 공책을 돌려주었다. 자신의 오해를 알아차린 순간 괴롭힌 상대를 마구 칭찬하는 공격. 과연 어른들은 능구렁이다. 믿을 수 없을 만큼 뛰어난 임기응변이다.

고요하던 교실 안에 가벼운 술렁거림이 퍼졌다. '도대체 무슨 일이 있었나?' 하는 표정의 우리 반 아이들. 무슨 일이 일어났는지 아는 것은 키요미즈와 나뿐이다. 물론 미나미 선생님 앞에서는 모르는 척하고 있지만.

"살았어. 정말 고마워."

물리 수업이 끝나자마자 곧장 키요미즈가 생기발랄한 말투로 말했다.

"아냐, 뭐 그런 걸로."

라고 하는 사이에 키요미즈 뒤에서 아사미가 얼굴을 들이밀며 V 사인을 내밀었다.

"재미있는 장면 잘 봤어. 그건 모리시타가 준비한 거지?"

"응, 뭐어."

"우아, 너도 잘하네. 그런데 어떤 전법을……."

아직도 남은 말이 있는 것 같은데 아사미의 말이 뚝 끊겼다. 입을 다문 아사미의 눈길은 내 등 뒤로 향했다.
어머나? 하며 뒤를 돌아보니 노노무라가 서 있다.
"이야기 중에 미안한데."
"어."
……아차, 마감, 잊고 있었다!

14

 온몸의 핏기가 가시며 그대로 미라가 되는 줄 알았다. 내가 먼저 연기한 마감 날짜를 깜박 잊어버리다니. 정말 일부러 그런 것은 아니고 부득이한 사정이 있었다. 미아도 되고 조퇴도 하는 등 불가항력적인 현상 말이다.
 "원고 말인데. 네가 쓰기로 한 분량, 다 썼니?"
 나를 복도로 데리고 나온 뒤 노노무라가 물어보았다. 못 썼다. 초고는 있지만 미완성이다. 원고지에 긁적여 놓은 채로 가방 안에 있다.
 "아, 원고. 원고는 음, 저기, 헤헤헤."
 변명할 수가 없어서 웃음으로 넘기기로 했다. 그런데 노노무라의 다음 말이 뜻밖이었다.
 "혹시 벌써 다 썼어? 다 썼으면 미안해."

"뭐?"

"사실은 아까 사쿠라이와 이시쿠라가 원고를 갖고 와서 쪽수가 다 찼거든."

"어머. 그 활동적인 1학년 유령 부원 단짝이 원고를?"

"그래. 나오미 네가 열심히 재촉했다며? 그래서 쓸 마음이 생겼다고 사쿠라이가 그러더라. 그래서 장수 채울 원고를 쓸 필요가 없다는 소식을 전할 겸 사과하려고 왔어. 애써 써 왔는데 안 실으면 미안하잖아."

"사과라니, 그렇게까지."

사과하고 싶은 건 나다. 그렇구나. 그렇게 되었구나. 정말 고마워, 유령 회원.

그런 까닭으로 문집 만들기는 만반의 준비가 끝났다. 나머지는 편집, 복사, 제본 순으로 끝내면 된다. 음, 어쩐지 오늘은 운이 좋은 것 같다. 이런 기분 좋은 기세를 몰아 방과 후, 오랜만에 시립 도서관에 들러 보았다. 재작년 가을에 개축한, 벽돌로 만든 도서관은 통학로와는 길 하나 사이에 둔 곳에 있다. 보통 때라면 1층에 있는 '시·창작 코너'로 곧장 가겠지만 이번만은 그곳을 지나쳤다. 오늘의 목표는 호신술 책이다. 실제로 써먹길 바라진 않지만 만일의 경우라는 것도 있다. 안 그래도 평소부터 허점투성이인 인간이다. 이번 기회에 호신술 기본 동작을 익혀 두면 손해날 것은 없겠지.

수색 결과 눈에 띄는 책 3권을 찾았다. 여성용 『치한 격퇴 안내서』와 『기초 체력을 기르는 안내서』, 『스포츠 가라테 입문서』. 우선은 이걸로 충분하겠다는 생각에 이 3권만 빌렸다. 신문 열람 코너에 있던 남자가 일어서더니 내 쪽을 향해 걸어오는 게 언뜻 보였다.

"안녕!"

어, 누군가 했더니 가짜 노숙자 슈스케 씨다. 독서광이라 듣긴 했지만 도서관을 이용하리라고는 생각 못했다. 다른 사람을 만날 때만큼은 코스튬 플레이를 안 했으면 좋겠다. 습득물 같은 느낌의 낡고 구깃구깃한 코트 따위를 걸치고 있는 모습이라니.

나는 마음속으로는 당황스러우면서도 말없이 꾸벅 인사를 했다. 그 굴욕적인 감상문이 뇌리를 스쳤지만 뼈아픈 이야기를 내가 먼저 일부러 꺼낼 이유는 없다. 좋아, 뭐라고 하면 대꾸해 주자. "아, 그 글 고마웠어요."라거나 "내가 부탁한 기억도 없는데 몰래 훔쳐 읽고는."이라거나. 하

지만 모처럼 세운 작전을 실행에 옮길 틈도 없이 슈스케
씨는 대출을 마친 내게 이렇게 물었다.

"이제 집에 갈 거니? 마침 잘됐다. 아사미한테 들어서
알겠지만 이전의 연속 도난 사건 말이야. 그 사건에 새로
운 움직임이 있었어. 나오미네 집이 남쪽 출구였지? 나도
그 도로변에 볼일이 있으니까 그곳까지 함께 갈까?"

'괜찮아요. 혼자서 갈게요.'

라고 머릿속에서 대답해 보지만 진짜 목소리는 나오지
않았다. 슈스케 씨는 당연하게 나와 나란히 출구로 향했고
손에 들고 있던 휴대 전화 버튼을 누르기 시작했다. 액정
화면에 떠오른 선명한 정지 화면. 걸어가면서 슈스케 씨는
내게 몇 가지 사진을 보여 주었다.

사진 1 – 가로수 줄기에 15센티미터 못으로 박혀 있는 테디베어.
테디베어의 크기는 거의 담뱃갑 크기 정도.

사진 2 – 차에 치여 짜부라진 마스코트. 형태와 색으로 살펴보면
원래는 고래라 여겨짐.

사진 3 – 어떤 골목을 뛰어가는 소년의 뒷모습. 몰래 촬영된 것인
듯 사진은 조금 덜 선명.

너무 비위가 상해서 말이 잘 나오지 않았다. 남들이 소중하게 생각하는 것을 강제로 빼앗아서는 이렇게 처참하게 만들다니, 인간으로서 할 짓이 아니다. 여기 찍힌 마스코트들이 만약 내 토끼였다면, 심하지는 않겠지만, 평상심을 잃었을 것이다.

"첫 장면은 그제 아침에 찍은 거야. 두 번째와 세 번째는 어제 오후에 찍은 거고. 내가 아는 사람이 이걸 찍었는데 한 사람은 이 동네 사는 내 친구이고 또 한 명은 지하도에서 친해진 영업부장이야. 참고로 '영업부장'이란 것은 노숙자들끼리 통하는 별명이지. 원래 대기업의 샐러리맨이었고 영업부장을 지냈나 봐. 내 친구인 아오키란 녀석은 상점가의 국숫집 아들이야. 두 사람 다 내 협력자로서 시내 정보를 알려 주지. 나오미는 이 사진들에 대해 어떻게 생각해?"

액정 화면을 가리키면서 슈스케 씨가 물었다. 내가 본 사진들에 대한 생각을 몇 가지 말했다. 앞의 두 장면은 분명 범인의 시위이다. 자신이 훔친 마스코트들을 맘대로 망쳐놓고 즐기고 있다. 다만 마스코트 사냥을 모르는 사람들에게는 전혀 의미가 통하지 않는다. 사건의 피해자와 관계

자만 알 수 있는 메시지이다.

"흠. 나도 같은 생각이야. 부활 신고를 한 범인은 전보다 훨씬 웃도는 공격성을 가졌다고나 할까. 아무튼 이런 노출 방법은 작년엔 거의 볼 수가 없었거든. 아니면 작년 사건을 흉내 낸 모방범이 아닌가도 싶어. 그런데 세 번째로 찍힌 수수께끼 소년 말인데. 영업부장이 두 번째 사진을 찍으려고 할 때 현장 근처에서 어슬렁거리는 이 녀석이 신경이 쓰였나 봐. 자기와 눈이 마주치자 도망을 쳐서 급히 찍었다고 하더라. 이 사진으로는 알아보기 어렵지만 감색 체육복을 입고 있었고 중간 키에 중간 체격. 나이는 아마 14, 15세쯤이라지."

"그럼 혹시 이 애가?"

"범인 후보 가운데 한 사람이야."

"하지만 이 녀석이 입고 있는 옷이 학교 지정 체육복이라면 우리 중학교는 아니에요. 우리 학년은 회색이고 1학년은 엷은 남색, 3학년은 갈색이거든요."

"옆 학군에는 이 체육복이 분명 있을 거야. 감색 체육복. 좀 더 좁혀 보지 않고서는 함부로 말할 수 없겠지만. 우선 이게 현시점에서 가장 새롭고도 유력한 정보야. 즈카친과 아사미한테는 벌써 메일로 보냈어. 참, 나오미 휴대 전화에도 사진을 보내야겠구나. 너도 뭔가 의심나는 게 있으면 연락 부탁한다. 어, 여기야."

 목적한 곳에 드디어 도착한 것 같다. 슈스케 씨는 게임 센터 입구를 가리켰다. 우아, 엘리트 대학원생이 게임 센터를 다니다니. 아니면 이것도 현장 연구할 곳 가운데 하나인가. 뜻밖이라서 나는 입구를 힐끔 바라보았다. 어머? 뭐지? 사람들 눈에 가장 잘 띄는 자동문 쪽에 무어라 씌어진 종이가 여러 장 붙어 있다. 주차 위반하는 차가 많아서 지나다니기 힘든 탓인지 아사미와 시내를 돌아다닐 때는 지나가지 않았던 모퉁이다.

 "으음, 저건 출입 금지 통보야. 저곳에 이름이 올라가면 그 사람과 패거리는 두 번 다시 이곳엔 들어갈 수 없지. 출입 금지를 선고 받기까지의 이유는 다 달라. 가게와의 마찰, 손님과의 마찰, 어떤 식이든 폐를 끼치는 모든 행위."

 슈스케 씨는 눈을 크게 뜨고 있는 내게 살짝 귀엣말로 잘 봐 두라고 하면서 도로 건너편을 본다. 셔터가 내려진 두 가게 사이에 있는 카페. 그 가게의 쇼윈도에도 두 장의 종이가 붙어 있다.

뭐야, 저건.

이상한 느낌에 나는 등골이 오싹했다. 이곳만이 아니다. 전에도 나는 이와 꼭 닮은 광경을 보았다. 그래, 보조 가방을 잃어버린 그 헌책방 앞에서. '중고생 출입 금지!'라는 빨간색 글귀를 말이다.

5

 언제나 많은 일이 내 주변에서 일어난다. 내가 내 인생을 소화하고 있는 바로 옆에서 뭔가가 죽고 태어나고 발전하고 쇠퇴한다. 모르고 지나가면 그건 없었던 일이 된다. 스프레이 갱도 마스코트 사냥꾼도 상점가의 쇠퇴도.
 "내가 중학생 때는 이런 종이가 없었지. 게임 센터도 최전성기에는 상점가에 네다섯 채나 되었고. 요 몇 년 사이에 줄줄이 망하고 남아 있는 곳은 이곳뿐이야. 불경기 탓도 물론 있겠지만 시내도 하나의 생물체니까 활기를 잃은 상점가는 저항력이 약해진 노인처럼 마이너스 인자를 막아 내기 어려워지지. 이때 마이너스 인자란 법칙을 아무렇지도 않게 무시하는 패거리들을 말하는 거야. 예를 들자면 물건을 훔치는 녀석들, 공공장소에서 아무 거리낌 없이 말

썽을 부리는 녀석들, 주차 위반에 불법 주행, 걸어가면서 담배꽁초를 아무 데나 버리는 일 등이지. 악질 손님에게 약점이 잡히면 가게 한 채나 두 채는 금세 망하지. 도난당하는 물건도 쌓이게 되면 꽤 손실이 크니까. 개인이 경영하는 작은 가게처럼 경비가 약한 곳은 녀석들의 먹잇감이 되기 쉽거든."

슈스케 씨는 그렇게 말하고는 안타까운 듯이 어깨를 으쓱였다. 시내의 분위기가 이상해지면 손님들의 발길은 더욱 멀어져 간다. 가게 매상은 점점 떨어지고 가게 숫자까지도 줄어든다. 활기를 잃은 상점가는 마이너스 인자가 쌓이는 곳이 된다. 사람들 눈이 없는 만큼 느긋하게 나쁜 짓을 할 수 있는 것이다. 그렇다고 해도 손님은 손님이니까 가게 쪽에서도 그들을 매정하게 대할 수가 없다. 감시 카메라로 압력을 넣는 정도가 고작이다. 출입 금지 종이는, 말하자면 최종 수단이다. 화가 치밀어 속을 태우던 가게 쪽이 자멸을 각오하고 사용하는 금지 수단이다.

"가게 쪽이 손님을 거부하다니. 어지간한 일이 없으면 그러지 못하지. 보통의 손님들도 종이 나부랭이가 너덜거리는 가게에는 가지 않으니까. 저렇게 되면 이제 조만간 가게는 망해. 내기해도 좋아. 이 상점가 전체가 죽을 가능성이 없다고도 말하지 못하는 거지. 상점가가 없어지면 쇼핑하는 사람들의 편리함이 줄어들겠지? 곧 지역 주민의 생활환경 자체가 악화된다는 말씀이야. 그럼 그 다음은 어떻게 될까?"

"그 다음요? 으음, 상점가는 폐허가 되고 텔레비전 방송국에서 취재를 나오거나 하겠죠."

"그런 일도 있겠지만 주택가도 서서히 인구가 줄어드는 거지. 원래 살던 사람들은 별도로 한다 쳐도 세 들어 사는 사람들은 살기 불편한 곳에서 오래 살지 않거든."

"그렇겠네요."

그렇구나. 마이너스 인자는 바이러스 같은 것이구나. 약한 신체에 달라붙어 점차 무리들을 늘려 가다 결과적으로는 자신들이 살고 있는 곳을 쇠퇴시킨다. 나는 지난번에 갔던 헌책방의 미래에 대해 생각했다. 역시 그곳도 얼마 있지 않아 가게 문을 닫을 운명일까? 무슨 일이 있었는지는 모르지만 그 종이로 상상해 보건대 할아버지도 꽤나 불쾌한 기억이 있었음에 틀림없다. 헌책도 비싼 것은 몇만 엔이나 한다. 그런 책을 노려 훔치는 녀석이 있었을지도 모른다.

"꽤 이해력이 좋구나. 지금 이야기가 그대로 내 연구 주제로 이어져. 사람과 상점가의 관계. 인간 사회와 집단 심리. 흥미가 있으면 아사미에게 여러 가지 물어봐도 좋아. 아사미는 내 여동생이자 애제자니까."

"애제자, 라고요?"

"응. 남매지만 나이 차이가 많이 나서 아사미가 내 영향을 많이 받는 입장에 있지. 내가 대학에서 배운 것이나 대학원에서 하는 연구에 대해 말해 주면 아사미도 잘 들어줘. 우리 집은 사업하는 집안이라 부모님이 거의 집에 안 계시거든. 부모님이 함께 장기 해외 출장에 다니실 때가 많아. 집안일 도와주는 분밖에 없는데 집에만 있으려니 지루하잖아. 용돈은 다른 애들보다 훨씬 많아서 행동 반경이 넓어지는 초등학교 시절부터 둘이서 상점가에서 시간을 보내며 놀았지. 편의점도 아이들에게는 유원지처럼 즐겁잖아. 내 연구 주제도 그때 기억 어딘가에 이어져 있는 게 아닐까 싶어. 연구 외의 쓸데없는 일에 상관하고 싶지 않은 것은 그 추억을 엉망이 되게 하고 싶지 않아서야."

연구 외의 쓸데없는 일이란 것은 시내의 나쁜 자들을

퇴치하는 일일 것이다. 어쩌다 그렇게 되었는지 그 일에 나까지 참여하고 있지만. 그건 그렇고 부러울 정도로 남매애가 좋아 보였다. 부모님이 잘 안 계신다는 점은 우리 집도 별반 다르지 않다. 하지만 나랑 유타는 서로 다른 곳을 보며 살고 있다.

좀 숙연해져 있을 때 헤어지기로 했다.

"응. 그럼 조심해."

슈스케 씨는 그렇게 말하고 어두침침한 게임 센터 안으로 들어서려다 자동문이 닫히기 바로 직전에 돌아서더니 막 걷기 시작한 내게 이런 말을 던졌다.

"아 참. 창작 쪽도 열심히 해. 기대할 테니."

윽. 엄청난 기습 공격. 그건 치사하잖아요, 슈스케 씨!

어쨌든 나를 둘러싼 상황은 좀 바뀌었다.

사람은 뭔가 하면 한 만큼 결과가 따라오는 것 같다. 그 다음 날부터 미나미 선생님의 움직임은 미묘하게 어색해졌고 씩씩함이 지나쳐 고압적이었던 태도도 얼마간 누그러졌다.

"워낙에 단순하니까 내게 미안한 마음이 들었나 봐. 그렇다고 기회가 있을 때마다 날 칭찬하는 건 그만 하면 좋 겠어."

키요미즈는 질렸다는 듯이 고개를 절레절레 흔들며 이렇게 중얼거렸다. 그 뒤로 미나미 선생님은 키요미즈를 마구 치켜세워 주며 누가 봐도 뻔하게 비위를 맞추는 듯했기 때문이다.

"그러고 보면 키요미즈가 정말 남자답다."라거나,

"키요미즈가 쓴 일지는 우리 반에서 가장 성의가 있어." 라거나. 하나하나 들자면 끝이 없을 정도로 많다. 하지만 그걸로 우리 반이 평화로워진 것은 두말할 것도 없다. 그러는 사이 중간고사가 시작되었고 그게 끝나자 문화제를 위한 준비가 시작되었다. 우리 동아리 행사는 직접 만든 문집을 무료로 나눠 주는 일이다. 내 상황도 점차 좋아졌다. 원고 모집에 시간이 걸린 만큼 노노무라에게 소집된 동아리 일동이 한마음이 되어 편집 작업에 임했기 때문에 복사, 인쇄를 시작할 쯤에는 실제 작업 내용과 진행표에 적힌 예정이 거의 비슷하게 되었다.

상황이 이상해진 것은 바로 그 무렵이다. 우리 반과 상점가 이야기가 아니다. 내 개인 상황이다.

"요즘 세상이 뒤숭숭하니까 엄마도 여러 가지가 걱정이야. 가끔 동아리 활동으로 늦는 건 괜찮지만 어쨌든 집에 돌아오면 엄마가 올 때까지 둘이서 집 보고 있어. 시장은 집에 왔다 갈 거니까. 엄마가 유타나 나오미를 꼭 못 믿어서가 아니야. 하지만 지금까지 너무 자유롭게 둔 건 안 좋았던 것 같아."

저녁을 먹으면서 엄마가 느닷없이 유타와 내게 이렇게 선포했다. 방과 후 외출 금지령. 아버지와 의논한 뒤 정했으니까 자식들은 무슨 일이 있어도 지켜야 한다고 했다.

"뭐야!"

툴툴거려 보지만 이미 때는 늦었다. 원인이 나 자신에게 있다는 건 굳이 말하지 않아도 알고 있다. 경찰차를 타고 아침에 돌아온 것은 분명 실수였다. 엄마가 가만히 있어서 쭉 잊고 있었지만 무단 조퇴 건도 사실은 벌써 들켰을지도 모른다. 유타는 아직 초등학생이며 상점가를 어슬렁거리고 싶어 하는 나이가 아니다. 부모님의 목표는 어디까지나 '나오미를 교정하고 보호하는 것'이다.

큰일이다. 이러면 지금처럼 상점가를 싸돌아다닐 수 없다. 맞벌이의 편리함은 부모님이 저녁에 없는 것이다. 평일 날 저녁에 쉽게 밖으로 나갈 수 있고 마스코트 사냥꾼 체포에 협력할 수 있다고 생각했는데. 그렇지, 한밤중에는 어떨까? 부모님이 잠든 뒤 몰래 하는 외출. 그럼 되지 않을까? 아니, 안 된다. 그 전에 유타에게 들킨다. 우리 부모님은 일찍 자고 일찍 일어나며 더구나 숙면형이지만 유타는 요즘 내 영향으로 꽤 늦게 잔다.

"그런 까닭으로 한동안 꼼짝 못할 것 같아."

다음 날 아침 나는 얼른 이 중대한 사태를 아사미에게 말했다.

"진짜? 안됐다. 그러면 너도 참 많이 힘들겠네."

그런 대사가 아사미 입에서 나오길 기대하면서. 그런데 아사미는 생각보다 반응이 없었다.

"그러니. 근데, 할 말이란 게 그거야?"

아사미는 무표정한 얼굴로 무뚝뚝하게 말하더니 눈길을 딴 데로 돌렸다. 어머, 혹시 기분이 안 좋은가? 이때는 기분 탓으로만 느꼈을 뿐이고 그렇다면 괜찮다고 여겨 깊게 생각하지 않았다.

이야기가 꼬여 있다는 걸 안 것은 바로 얼마 지나지 않아서이다.

"모리시타, 있니?"

교실 앞문에 선 즈카친이 아사미와 똑같이 굳은 얼굴로 내 이름을 불렀을 때다. 어느새 '나오미'에서 '모리시타'로 돌아가 있다. 뭔가 이상하다. 뭔가. 하지만 짚이는 데가 없다.

나는 고개를 갸웃거리며 냉큼 복도로 나갔다.

"왜?"

우선 아무렇지도 않은 척 묻자, 즈카친은 어쩐지 공손한 태도로 눈을 치켜뜨며 이렇게 말했다.

"진짜 미안해. 모리시타 나오미."

"뭐가?"

"모리시타가 그렇게 진지하게 고민할 줄은 몰랐어. 상대방 기분도 생각하지 않고 모리시타를 맘대로 휘두르듯이 해서. 정말로 미안해. 나도 아사미도 반성하고 있어."

"반성?"

"아무튼 앞으로 절대 함께 다니지 않을게. 아, 호신 용품은 사과의 의미로 네게 줄게. 받아 줘. 아사미 걔도 꽤나 상처 받기 쉬운 데다 부끄러워하는 성격이라 얼굴 마주 보고 모리시타랑 말을 하는 게 힘들다고 해서 내가 대표로 사과하기로 했어. 그럼."

그 말만 하고 즈카친은 얼른 모습을 감추어 버렸다. 아사미뿐 아니라 즈카친까지 태도가 싹 바뀌었다. 고민할 줄은 몰랐어? 함께 다니지 않아? 어쩌면 지금의 "그럼."이란 것은 결별하자는 인사였나?

영문을 몰랐기 때문에 생각하는 것도 그만두기로 했다. 그런 상태로 그날의 수업을 끝내고 동아리 모임에 가니 먼저 와 있던 노노무라가 궁금해하는 얼굴로 물었다.

"저기, 어떻게 됐어, 그 두 사람?"

"그 두 사람이라니, 누구?"

"시바사키 아사미랑 데즈카 즈카친. 너한테 뭐라고 안 해?"

노노무라가 살피는 듯한 눈빛으로 나를 빤히 바라보며 말했다. 어머, 왜 노노무라가 이 이야기에 얽혀 있지? 나는 일단 끊어진 회로를 서둘러 이어 보았다. 그러는 가운데도 노노무라의 입은 멈추지 않았다.

"어제 우연히 즈카친과 이야기할 기회가 있어서 나오미 널 이제 그만 좀 내버려 두라고 했어. 시바사키가 나오미를 건드리는 것도 그만두게 하라고. 꼭 시바사키 제2의 부하 같다고 말이야. 즈카친은 많이 놀라는 것 같았지만 말이 통하는 것 같더라. 시바사키한테도 벌써 얘기했겠지? 주제넘은 짓 해서 미안해. 하지만 나오미 넌 나랑 달리 순진하잖아. 하고 싶은 말도 분명하게 못하는 것 같고. 이대로 두 사람이 하라는 대로만 하다간 불쌍해질 것 같아서 내가 어떻게든 하려고 전부터 기회를 엿보고 있었거든."

"……"

머릿속에서 두두두두 도미노 쓰러지는 소리가 났다.

6

 일이 엉뚱하게 되었다. 내가 모르는 곳에서 내 의사와는 무관하게 이야기가 전개된 꼴이다. 노노무라의 쓸데없는 참견이라고 이제 와서 불평을 해 봐야 어쩔 수 없다. 노노무라는 어디까지나 자신의 정의를 따랐을 뿐이다. 즈카친이든 아사미든 나쁜 짓 따위는 하지 않는다. 분명 조금 거친 부분은 있다고 생각하지만 두 사람과 함께 움직일 때 억지로 떠밀린 적은 없다. 누가 가장 나쁘냐고 묻는다면, 우물쭈물하고 있던 나 자신이다. 노노무라가 아사미들과의 관계에 대해서 물었을 때 사실을 정확하게 말하지 않고 실실거리며 웃음으로 넘겼다.
 어떻게든 해야 해.
 알고는 있지만 아무리 해도 몸이 움직이지를 않는다.

노노무라의 오해를 풀고 아사미와 즈카친에게도 까닭을 설명하고 자신의 기분을 알리자. 할 일은 그 세 가지. 다만 그뿐인데도, 그밖에는 길이 없는데도 지치기 쉬운 내 뇌는 오로지 움츠러들기만 할 뿐이다. 아침에 복도나 교실에서 아사미와 마주칠 때마다 얼굴 근육이 경련을 일으키고 혀가 메말라 가는 것을 느꼈다.

"아, 안녕."

"……나한테 볼일 있어?"

"아니, 저기, 아침 인사."

"아아, 고마워. 친절도 하셔라. 역시 시인이야. 세심하네."

안된다. 말 붙일 틈을 안 준다. 아사미의 눈빛을 붙잡고 싶어도 뺀질뺀질하게 피해 버린다. 더구나 불쾌한 말까지 듣는 지경이다. 모처럼 조금 친해졌는데 다시 처음으로 돌아온 느낌이다. 이런 중요한 순간에 나는 왜 이럴까?

결국 무의미한 시간만 지나갔다.

마음 한구석에 찜찜한 생각을 담고 학교를 다니는 처지가 되었다.

아사미는 물론 즈카친까지 말을 걸지 않는다.

"지루하네."

아사미 흉내를 내며 중얼거려 보아도 공허하기만 하다. 슈스케 씨는 그런 사정을 전혀 모르는지 우직하게 마스코트 사냥꾼의 사진 속편을 보내 준다.

> 사진 11 – 쓰레기 하치장에 있는 대량의 인형 열쇠고리. 모든 인형의 한쪽 다리가 칼로 절단되어 있다.
> 사진 12 – 공중 화장실 세면대에서 발견된 고무 인형. 마개가 뽑힌 배수구에 머리부터 쑤셔 넣어져 있다.

아아, 범인의 득의에 찬 미소가 금방이라도 떠오를 것 같다. 이러고 있는 사이에도 희생자가 계속 늘 것이라는 생각에 소름이 끼쳐 위가 더부룩해진다. 앉지도 서지도 못하는데 움직일 수 없어서 초조하다. 나 혼자 나름대로 조사를 하려고 등하굣길에 잠시 딴 길로 새는 것은 시간적으로도 한계가 있다.

"저기, 유타. 한 번만이라도 좋으니까 저녁에 외출하는 것 좀 못 본 척해 줄래?"

"그건 안 돼. 엄마한테 들키면 내가 혼나."

"편의점 푸딩, 내가 사 줄게."

"필요 없어. 푸딩은 이제 질렸어. 말해 두지만 난 누나의 감시자로 고용되었어. 아빠가 용돈과 별도로 아르바이트비 준댔어."

유타는 흥, 하고 콧방귀를 뀌며 내 부탁을 거절했다. 고용되다니, 뭐야, 그 말은. 유타가 내 감시자? 그런 밀약을 주고받으리라곤 꿈에도 생각 못했다. 동생에게 누나를 감시하라고 하다니, 우리 부모님도 참 대단하다.

아무리 얘기해 봐도 어쩔 수 없어서 방법을 바꾸기로 했다. 나는 서랍장에서 쌍안경을 꺼내 유타가 잠들기를 기다렸다가 밤마다 창가를 서성거렸다. 쌍안경은 아빠가 들새 관찰할 때에 사용하는 것이다. 가볍고 또 배율이 꽤 좋은 것이 특징이다. 역 반대쪽까지 보는 것은 무리지만 6층 창문에서 보니 꽤 멀리까지 두루 보인다. 두 블록 앞의 주택가를 종횡으로 달리는 2차선 도로. 유성처럼 꼬리를 끌며 지상을 오가는 자동차 라이트. 북쪽에는 앞에서 말한 스프레이 갱과 우연히 마주친 일방통행 길. 서쪽에는 제2초등학교 운동장, 학교 건물, 풀장이 보인다.

그냥 보고만 있으면 별 의미가 없으니 일단 메모를 해

보았다.

 오후 11시 34분 : 맨션 앞의 일반 도로를 두 사람이 탄 오토바이가
       지나감. 한 사람은 노 헬멧. 고등학생인 듯.

 오전 0시 15분 : 작고 검은 덩어리가 주택가 지붕과 담을 넘어
       어둠 속으로 사라진다. 도둑고양이 같다.

이런 일을 한다고 어떻게 될지는 스스로도 잘 모르겠다. 특별한 사건이 그리 쉽게 일어날 리가 없다. 그래도 그냥 손 놓고 있는 것보다 훨씬 낫다는 생각이 들었다. 아무것도 할 수 없는 자신에 대한 변명 같은 것이지만.

그 사람 그림자를 확인한 것은 감시를 시작한 지 닷새째 날의 밤이다. 서쪽에서 북쪽으로 천천히 눈을 돌리고 있을 때다. 암흑 속에서 펄럭펄럭 희끄무레한 것이 흔들린다. 고무공같이 통통 튀어 오르는가 싶으면 갑자기 움직임을 딱 멈추고 한참 있다가 다시 움직이기 시작한다. 변칙적인 움직임 때문에 처음에는 사람이라고 생각하지 못했다. 밤길을 걸어갈 때 사람들은 대부분 한눈팔지 않고 곧장 걷는다.

저게 뭐지?

이상하게 여기는 사이 그것이 잠시 보이지 않았다. 큰 빌딩과 가로수 그늘에 가려져 버린 것 같다. 다시 그게 나타난 것은 발견한 장소에서 훨씬 북쪽이다. 방치 차량들로 둘러싸인, 전에 가 본 그 공터 안이었다.

나는 곧 쌍안경의 초점 조절을 시험해 보았다. 희미하던 덩어리가 인간의 모습이 되었다. 하얗게 보이는 것은 와이셔츠 같다. 그렇다면 남자 어른이다. 스프레이 갱이 다시 나타난 줄 알고 초조해한 것이 아깝다. 아니지, 그래도 충분히 이상한 사람임에는 틀림없어. 10월 말 깊은 한밤중이면 실내에 있어도 꽤 춥다. 이런 계절에 저런 얇은 차림으로 주택가를 어슬렁거리다니.

그런데 다음 순간, 남자의 움직임이 빨라졌다. 뭘 하려나 했더니 공터에 쌓여 있는 쓰레기 더미를 발로 차며 부수고 있다. 역시 이상하다. 나는 더욱 렌즈에서 눈을 떼지 못했다. 순식간에 더미의 쓰레기가 여기저기 흩어지기 시작했다. 남자는 마구 손발을 퍼덕거리고 있다. 난폭하게 구는지 버둥거리고 있는지 확실히 알 수가 없다.

"앗!"

쓰레기 더미를 떠난 그림자가 잡초 더미 안을 헤치고 들어갔다. 몸을 뒤로 젖히고 방치 차량 한 대 한 대를 둘러보더니 이번에는 가장 가까이에 있던 차 지붕으로 뛰어올라 갔다. 딸기를 심은 덤프트럭은 그 차 바로 옆에 있다. 저런 남자가 들어가면 무슨 짓을 할지 모른다.

나는 쌍안경을 눈에서 떼고 꿀꺽 침을 삼켰다. 그러고 나서 바닥에 있던 휴대 전화를 들고 등록된 번호 가운데 하나를 선택해서 통화 키를 눌렀다.

"예."

신호음이 두 번 울리자 귀에 익은 새된 목소리가 연결되었다.

"데즈카? 나, 모리시타야. 이렇게 늦게 미안해."

손바닥의 땀을 티셔츠 끝에 문질러 닦으면서 나는 조심스레 말했다.

까닭을 말하자 즈카친은 아무 말도 없이 전화를 끊었다. 즈카친은 자신의 일이기 때문에 무엇보다 우선 현장으로 빨리 가야만 했다. 그런데 나는 어떻게 하지? 이렇게 망설이고 있을 틈이 없다. 즈카친이 어떤 수단으로 이쪽으로 올지 모르지만 아무리 생각해도 남쪽 출구에 사는 내가 현장에 더 가깝다.

나는 벽에 걸려 있던 보조 가방을 손에 들었다. 보조 가방 안에는 예전에 받은 호신 용품이 들어 있다. 즈카친에게 전투력을 기대한다는 것은 무리다. 무슨 일이 있으면 그때는 내가 도와주어야만 한다.

"왜 이리 시끄러워. 뭐 하는 거야?"

라며 웃는다. 유타가 일어난 것이다. 아니 이런 한밤중에 소란을 떤 내가 잘못일까.

"미안해. 유타. 급한 볼일이 있어. 5백 엔으로 눈감아 주면 안 될까?"

"안 돼. 그랬다간 엄마한테 혼나."

"그러니까 안 들키도록 잘 할게. 누나를 믿어. 그럼 넌 감시자 아르바이트비에다 입 다문 비용까지 크게 벌 수 있잖아."

"싫어. 천 엔이라면 몰라도."

"천 엔? 비싸. 600엔."

"그럼 800엔에 하자."

"좋아. 알았어. 나중에 줄게."

이를 갈면서 대답하고는 집을 빠져나왔다. 생각지도 못

한 방해꾼 때문에 귀중한 시간을 아깝게 낭비했다. 이렇게 되면 이제 주차장에서 자전거를 꺼낼 시간조차 아깝다. 그렇게 생각하고 현장으로 통하는 일방통행 길을 달려가니 역 방향에서 온 즈카친과 공터 앞에서 만나게 되었다. 어머니한테 빌려 온 듯한 다 낡은 아줌마용 자전거를 타고 있다. 얼마나 급히 달려왔는지 카디건 아래는 잠옷 차림이었다.

"아직 있어? 그 자식."

"몰라, 나도. 이제 막 왔어."

말하고 있는 옆에서 머리 위가 확 밝아졌다. 딸기 밭 감지 등이 뭔가에 반응을 한 것 같다. 방치 차량이 차례로 암흑 속에서 드러났다. 왜건에 경승용차. 모두 다 지붕이 푹푹 패여 있다. 하얀 사람의 그림자는 벌써 덤프트럭 위에 있었다. 윽, 불안 적중. 쿵쿵 흙 밟히는 소리가 들린다.

"어떻게 하지?"

내가 물을 사이도 없이 즈카친은 돌진했다. 떠받쳐 주는 것이 없는 자전거가 비명을 지르며 길바닥에 쓰러졌다. 사다리를 올라가는 즈카친 뒤를 조심조심 따르는 나, 모리시타 나오미. 호신 용품을 꺼내려고 했지만 손이 떨려 무리였다. 와이셔츠 바람의 난폭자는 우리들에게 눈길도 주지 않고 덤프 적재함의 가장자리에 기대어 뭔가 손을 움직이고 있다. 쏴아, 쏴아, 쏴아. 웬걸, 딸기 밭에 오줌을 누고 있다. 하필 케이크 딸기 모종을 심은 곳에.

"뭐 하는 짓이에요?"

밭으로 내려간 즈카친은 조용히 말했다. 조금도 떨고 있지 않은 걸 알 수 있다. 다부진 말투. 나는 나도 모르게 마음을 놓으며 즈카친 얼굴을 훔쳐보았다. 믿을 수가 없다. 평소의 즈카친과는 다른 사람 같은 날카로운 눈빛. 아사미한테도 뒤지지 않을 정도로 박력에 찬 표정이다.

나는 사다리에 손을 댄 채 조각처럼 멈추어 있었다. 즈카친의 싹 바뀐 모습에 기겁을 한 것은 물론이고 진심으로 화가 난 사람을 보는 것도 태어나서 처음이었기 때문이다.

"어?"

즈카친의 목소리에 겨우 정신이 든 와이셔츠 남자가 뒤를 돌아보았다. 중간 키에 중간 체격. 검은 머리. 언뜻 보니 한 사십대. 칠칠맞게 벌어진 입술과 큰일 났다는 느낌의 눈빛. 더구나 머리에 화려한 무늬의 넥타이를 두르고 있다. 교과서에 충실하게 그려진 듯한 술 취한 사람이다.

술김에 거칠게 굴면 이렇게 됩니다, 라는 느낌이다.

에게, 생각한 만큼 위험한 사람이 아닌 것 같다고 말을 하는 내 앞에는 더 이상 즈카친이 없었다. 적을 향해 돌진하는 뒷모습만 보일 뿐이다. 남자는 바지 지퍼에 손을 댄 상태에서 탄환으로 변한 즈카친의 머리를 배로 막아 냈다.

"으윽."

즈카친의 머리부터 시작해서 상체 전체가 와이셔츠에 깊이 박혔다. 술 취한 사람은 배가 받혀 앞으로 푹 고꾸라졌다. 짓밟힌 딸기 냄새와 술 냄새와 오줌 냄새가 확 퍼져, 나는 냉큼 숨을 멈췄다. 공격을 끝내자 한꺼번에 힘이 빠져 버린 듯 뒷걸음질을 친 즈카친은 그곳에서 꽈당 엉덩방아를 찧고는 마치 자신이 박치기를 당한 것처럼 숨을 거칠게 헐떡거렸다.

"괘, 괜찮아?"

주뼛주뼛 말을 걸어도 반응이 없다. 익숙하지 않는 일을 한 탓일까. 충격 상태에 빠져 있다. 와이셔츠 남자는 완전히 술에 취해 자신의 몸에 무슨 일이 일어났는지 전혀 알지 못했다.

"당했다. 배에 명중했어. 구급차! 탄환을 빼 줘."

요컨대 박치기를 당한 배가 아프다, 라고 말하고 싶은가 보다. 그런데 탄환은 또 뭔가? 어느 전쟁터에라도 있는 걸까, 이 사람은.

아무래도 대처 방법이 없어서 그냥 두기로 했다. 밭으로 내려온 내가 옆에서 한동안 그 모습을 보고 있으니 "으윽." 하는 괴로운 소리가 누그러져 "으음."으로 변했다.

"잠들었나 봐."

남자를 가리키면서 내가 말하자 즈카친은 겨우 정신이 돌아와 후유 하고 무거운 한숨을 내쉬었다.

17

그날 밤 안으로 딸기 밭을 수복하는 것은 불가능했다. 딸기 모종은 전체의 약 3분의 1 정도가 뽑혔거나 밟혔거나 얼마간 상처를 입었다. 어떻게든 재생시킬 수 있는 것은 다시 돌보고 타격이 큰 것은 처분할 수밖에 없을 것 같다. 엉망진창이 된 통로의 정비도 당연히 해야만 하고 오줌이 스며든 부분의 흙을 제거할 필요도 있다.

"괜찮아. 내일 화원에서 새 흙을 사 올 거야."

즈카친이 그렇게 말해서 나도 함께 가기로 했다. 날이 새면 유타와 부모님은 등산을 갈 것이라 낮에는 나 혼자 집에 있기 때문에 나도 자유롭게 행동할 수 있다. 무거운 흙을 옮기는 데 일손이 있으면 편리할 것이다.

우리는 우선 헤어지기로 하고 트럭을 떠났다. 발소리가

안 나게 발끝으로 걸어 방으로 돌아오자 유타가 자지 않고 기다리고 있어서 입막음 돈을 뜯겼다.

내버려 두고 온 취객의 뒤 소식은 전혀 모른다. 다음 날 아침, 밭에 가 봤을 때는 벌써 없었다. 얇게 입었던 옷과 박치기를 당한 배 상태가 걱정되었지만 경찰이 온 흔적도 없는 걸 보아하니 죽지는 않은 것 같았다.

"나쁜 감정이 있었던 게 아니라는 것이 위안이라면 위안이야. 하지만, 뭐, 상대가 나였다는 게 불행 중 다행이지. 아사미가 상대였다면 죽었을지도 몰라, 그 아저씨."

화원에서 사 온 흙을 밭으로 옮기는 도중에 즈카친은 있을 수 없는 가상의 이야기를 했다. 아무래도 박치기를 할 때 목을 접질린 것 같다. 나를 볼 때마다 즈카친의 얼굴이 고통스럽게 일그러진다.

"아사미는 안 불렀어?"

걱정이 되어서 물어보았다. 어쩌면 도와주러 올지도 모른다고 기대를 했다.

"응. 슈스케 씨와 마스코트 사냥꾼 정보 수집을 한대. 마스코트 사냥꾼이 부활한 뒤로 한 달이나 지났잖아? 데이터가 많이 나와서 분석하기 쉬워졌대. 슈스케 씨의 분석에 의하면 마스코트 사냥의 발생률은 휴일 전날 밤이 가장 많고 주초에는 거의 일어나지 않는대. 시간대는 오후부터 초저녁 무렵까지고. 그래서 범인이 연소자일 확률이 꽤 높다나. 아, 미안해. 또 이상한 일에 끌어들일 뻔했네."

실수했다는 듯이 즈카친이 입에 손을 댔다. 노노무라한테 들었던 말이 꽤나 효과적인 것 같다. 맞다, 어젯밤에는 여유가 없어서 내버려 두었지만 기회가 좋으니까 즈카친한테만이라도 오해를 풀어야 한다. 아니, 잠깐. 이럴 때 어떻게 말을 꺼내야 좋지?

우물쭈물하는 사이 뜻밖에 즈카친이 앞지르고 말았다.

"괜찮아. 모리시타한테는 두 번 다시 귀찮게 안 할게. 사람 사귀는 것이 마지못해 이어지면 안 되잖아?"

"아니, 그게 아니라. 나는……."

"마음 쓰지 않아도 괜찮다니까. 아사미도 그 정도 일은 이해할 수 있어. 아무 느낌이 없다고는 말할 수 없겠지만 화난 듯이 보여도 그건 개 성격이라고 생각해."

"그게 아니라, 아……."

"표현 방법이 꼬여 있어서 그래. 이 이야기만 할게. 아사미는 그 얘기를 듣고부터 착 가라앉아 있어. 너랑 친하게 되어서 좋다고 기뻐했는데 일방적으로 차인 것 같았나 봐. 그 점은 나도 유감스러워."

"뭐? 기뻐했다고, 아사미가?"

그런 줄은 전혀 몰랐다. 얼굴을 마주 보고는 꽉 막혔다고 말했던 기억은 있지만.

"응. 굉장히 기뻐했어. 아사미는 모리시타를 쭉 주목하고 있었거든. 다른 뜻이 아니라 모리시타와 아사미, 전에도 한 번, 그러니까 초등학교 고학년 때 같은 반이었지? 자세한 것은 잘 모르지만 뭔가 큰 사건이 있었고 그때 네가 한 행동에 반했대."

큰 사건이라는 것이 무슨 사건인지는 금방 알 수 있다. 그래, 음악 수업 시간에 했던 여학생들의 집단 보이콧. 그때 내가 한 일이라면 벌로 받은 운동장 돌기를 거부한 것이다. 무모한 용기를 낸 탓으로 오히려 궁지에 몰려 '정직한 자를 바보로 본다.'는 말을 실제로 옮긴 것 같은 처지가 되었던 일. 교무실로 불려 가는 것도 선생님과의 단독 면담 예정도 모든 반 아이들 앞에서 본보기처럼 발표되었다. 그러기에 아사미가 그걸 알고 있는 것이 이상할 것도 없지만 내가 한 행동의 어디에 아사미가 반했다는 걸까? 나는 당시 사건에 대해서 밀어내듯이 이야기를 시작했다. 설마 당시의 일을 나 스스로 다른 사람에게 말하리라곤 상상도 못했지만 아사미의 기분을 알고 싶어서, 알기 위해서는 말해야만 했다. 즈카친은 내 이야기에 한동안 귀를 기울인 뒤 도중에 불쑥 얼굴을 들고는 뜻밖의 말을 했다.

"그건 달라. 모리시타."

"다르다니, 뭐가?"

"사람 수가. 그 사건 때 벌을 받지 않고 돌아간 여학생은 한 사람이 아니라 두 사람이었어. 또 다른 한 사람이 아사미였대."

"아사미가?"

"응. 어쩐지 어이없어서 빠져 버렸대. 애초에 벌을 받을 이유가 없다고 생각했나 봐."

"설마. 그럴 리가 없어. 그 뒤에 선생님한테 혼난 것은 나 혼자뿐인데."

"그 부분이 웃긴다는 거지. 아사미도 말하더라. 모리시타 네가 나중에 불려 가는 걸 곁눈으로 보고 왜 자신만 무시당하는지 궁금해서 참을 수가 없었다고. 그래서 곰곰이 생각을 해 보니까 짚이는 데가 있더래. 아사미네 아버지는 이곳 유지이고 자산가이니까 교육 위원회에서도 통했나 봐. 아사미 자신은 그때까지만 해도 그런 것에 그다지 관심이 없어서 특별 의식 같은 것은 가지고 있지 않았었대. 어쨌든 자신은 아버지 때문에 빠진 게 아닌가 하고 생각했다더라. 모리시타는 자신과는 달리 이른바 보통 집 자식이고 자기처럼 어른들에게 강하게 나가지 못하니까 선생님들이 공격하기에 적합했을 것이라고. 어떻게 생각해?"

 ……듣고 보니 그랬을지도 모른다. 그런 일이. 우리 부모님은 선생님이라면 일단 굽실굽실거리는 타입이다. 이 지방 출신이라 해도 맨션을 사서 여기에 살 뿐이지 학부모회나 지역과의 관계 같은 것은 특별히 없다. 덧붙이자면 나는 어딜 봐도 수동적인 성격이다. 선생님도 인간이니까 싸움의 상대는 고를 것이다.

 "아사미는 어른들의 교활함에 실망했다고 하더라. 차별이나 괴롭힘은 안 된다고 가르치는 사람들이 가정환경에 따라 학생들 다루는 방법을 다르게 하잖아. 특별한 취급을 받는 게 좋은 학생도 있겠지만 아사미는 그 반대라서 꽤 머리가 아프지 않았을까? 모리시타 네가 자신과 똑같은 행동을 한 것을 알았을 때는 놀랍기도 하고 기쁘기도 한 마음이 한꺼번에 들었나 봐. 얌전하지만 심지가 강하고 자신의 의견을 정확히 가지고 있는 사람이라는 걸 알고서 네가 좋아졌다나. 그럼에도 묘하게 의식을 하다 거리를 두게 되었대. 2학년이 되면서 같은 반이라 아사미는 너랑 어떻게든 친해져 보려고 늘 내게 뭐라고 툴툴거렸어. 내게 말해도 어쩔 수 없는데 말이야."

즈카친은 코를 훌쩍이며 뭔가 떠오르는지 웃었다. 거짓말, 이라고 나도 모르게 말했지만 목이 막혀 목소리가 나오지 않았다. 그걸로 알 수 있었다. 즈카친과 처음 말을 주고받은 날, 생판 모르는 남인 즈카친이 왜 내 이름을 불렀는지. 즈카친은 이미 나에 대해서 아사미에게 들어 알고 있었던 것이었다. 아사미는 내가 모르는 곳에서 내 이야기를 했다.

"자주 아사미한테 이야기를 들은 덕분에 어쩐지 나도 너랑 잘 아는 느낌이 들었거든. 그랬는데 진짜 알게 되었고 직접 얘기까지 하게 되었잖아. 기분이 너무 좋아 그만 들떠 버린 거지. 노노무라한테 충고 듣지 않았으면 더 오버했을지도 몰라. 이제 와서 이런 얘기를 해 봐도 아무 소용없지만 솔직히 나는 너한테 굉장히 뻔뻔스러운 일을 부탁하려고 했거든. 아사미도 강하게 보이지만 실제로는 엄청 부끄러워하는 편이라서 말이야. 네게 말을 거는 데에도 용기가 필요했을 거야. 게다가 표현도 삐딱하잖아. 인간관계치라고나 할까, 까딱하면 오해 사기 쉽지. 그래서."

그러고는 한숨을 쉰 뒤 즈카친은 또 이렇게 말했다.

"혹시 괜찮다면 앞으로 계속 아사미를 잘 부탁해. 모리시타 너라면 꼭 좋은 친구가 될 수 있을 거라고 생각해."

8

 결정적인 말을 듣고서 버림받은 기분이 되었다. 이제 와서 말해도 소용없지만. 즈카친은 그렇게 말했던 것이다. 곧 모든 것이 과거형이고 끝나 버린 사건으로.
 "어쨌든 어젯밤과 오늘은 정말 고마워. 이 밭에 대해 마음 써 준 것만으로도 기뻐."
 밭을 원래대로 하는 작업이 끝나자 즈카친은 남에게 하듯 예의를 차리며 말했다.
 "아냐. 뭘 그런 걸 갖고."
 따라서 나도 남에게 하듯 예의를 갖춘 태도가 되었고 아무런 성과도 얻지 못한 채 딸기 밭을 뒤로 했다. 사이좋은 우리 가족 세 사람이 등산을 끝내고 돌아온 것은 나 혼자서 저녁을 먹고 설거지를 하고 있을 때다.

"아, 피곤하다."

"그래도 낙엽이 정말 예뻤어."

"원숭이도 있더라. 일본원숭이. 누나도 같이 갔으면 좋았을 텐데."

큰 목소리로 떠들썩하게 남에게 피해를 주는 가족들이다. 특별히 원숭이 같은 걸 보고 싶지는 않다고 마음속으로만 불평을 하며 나는 얼른 내 방으로 들어가서 침대에 누웠다.

뚱하니 있는 아사미의 얼굴이 눈을 감아도 떠오른다. 시비조라고밖에 생각되지 않을 정도의 퉁명스러운 말과 행동도. 이전에는 그냥 그런 것들이 두렵기만 했는데 지금은 무섭지 않다. 강한 얼굴 뒤에 감추어진 무언가의 정체가 조금 보였기 때문이다. 사건 당일 나와 마찬가지로 분노에 찬 시바사키 아사미. 호출을 받고 허둥대고 있는 모반자가 있는 한편, 자기 혼자 편애를 받는다는 사실에 얼떨떨해 하는 시바사키 아사미. 그때 내가 상처 받은 것처럼 틀림없이 아사미도 상처를 받았을 것이다. 상처 받은 뒤의 대처 방법이 나와는 달랐을 뿐이고 아사미는 쭉 나를 동지라고 생각하고 있었다. 얌전하지만 심지가 강하고 분명하게 자신의 의견을 가지고 있는. 정말이지 얼굴에 불이라도 붙은 것 같다. 이 말의 주인공, 도대체 누굴 말하는 거야? 지금의 나는 3년 전의 나와는 전혀 다른 사람이다. 만일 오해가 풀려 다시 사이가 좋아진다고 해도 아사미는 내 소심함을 어느새 다 알게 될 것이다. 즈카친도 나같이 엉큼하고 촌스럽고 지루한 시인 지망생한테 언제까지나 마음 쓰지는 않을 것이다. ······안 돼. 사고 회로가 자꾸만 마이너스 모드가 된다. 자신감 상실. 자기혐오. 이런 나라서 미안하다. 나한테.

결국 상황은 아무런 진전도 보이지 않은 채 11월이 되었다. 문화제 개최 준비로 바쁠 때는 나름대로 충실감에 빠질 수 있었다. 하지만 문화제가 끝나고 나면 시간 보낼 일만 남을 뿐이다. 일주일에 한 번 하는 동아리 모임에 가서 노노무라와 수다를 떨고 집에 돌아와 잠을 자고 일어나고 가끔 유타와 싸우고. 마음은 평화롭고 고요하다. 늘 온화하다. 몸이 오그라드는 체험을 하지 않아도 좋은 대신에 즐거운 일은 하나도 일어나지 않는다.

그리고 이쯤에서 나날이 유쾌함을 잃어 가던 한 남자가,
"어떠냐. 2학기도 반쯤 지났는데 이제 슬슬 해이해졌

지. 기분 전환도 할 겸 자리라도 바꾸어서 분위기 쇄신을 해 볼까?"

취미인 학생들 들볶기를 못하고 그럭저럭 한 달. 우리 반이 평화로우면 평화로울수록 스트레스가 쌓이는 듯한 미나미 선생님의 말씀으로 제비뽑기가 바로 실시되었다. 이번 자리는 교단 중앙 분단의 앞에서 세 번째. 아사미는 창가 맨 뒤쪽의 황금 자리가 당첨되어 다른 사람의 눈은 상관없이 승리의 포즈를 드러냈다.

"자리가 멀어졌네. 겨우 이야기하게 되었는데."

방과 후 그렇게 말을 걸어 온 것은 키요미즈이다. 복도 쪽 분단 뒤에서 두 번째 자리란다.

"응. 짧은 동안이었지만. 다시 가까이 앉게 되면 잘 부탁해."

내가 꾸벅 고개를 숙이며 인사를 하자 키요미즈는 '아, 참.'이란 느낌의 몸짓을 하며 가방을 더듬더듬 더듬기 시작했다. 어머, 뭘 꺼내나 했더니 많이 보던 휴대 전화다. 치마 호주머니에 숨겨 놓았는데.

"아까 책상 옮길 때 이거 떨어뜨렸지? 내가 바로 주웠는데, 미나미 선생님이 옆에 있어서 우선 보관해 뒀어. 학교에선 금지된 거잖아."

"고, 고마워. 다행이다."

"인사는 됐고. 이거 줍기 전에 발꿈치로 살짝 밟았는데 고장 났을까 봐 불안해서 조작해 보니까 어떤 화면이 나오더라. 미안해. 잠시 훔쳐봤어."

"괜찮아. 상관없어. 신경 쓰지 마. 중요한 거 없어."

저장되어 있는 것은 슈스케 씨한테 받은 사진뿐이다. 그런 것을 남에게 보여 준다고 특별히 어떻게 되는 것은 아니다. 나는 아무런 망설임도 없이 휴대 전화를 받아 들고 키요미즈에게 인사를 하고 승강기로 돌아서려고 했다.

생각지도 않은 말을 들은 것은 바로 그 뒤였다.

"저기, 모리시타. 혹시 그 셔츠 입은 애, 아니?"

무슨 말을 하는지 처음에는 전혀 알지 못했다. 키요미즈의 눈길을 잡은 것은 앞에서 본 사진 가운데 세 번째 사진. 영업부장이 재치 있게 간신히 찍었다는 마스코트 사냥꾼 후보 뒷모습이다.

"아니, 전혀 모르는 애야. 뭐라고 설명해야 하나? 이 사람을 찾는 사람과 관계가 있다고나 할까."

나는 이야기의 핵심을 일부러 어물거려 보았다. 어느 선까지의 정보에 대해서 말해야 할지 판단이 서지 않았기 때문이다.

"그렇구나. 근데 그 사진이 앞의 두 사진과 관계있는 거지?"

키요미즈는 기억을 뒤적이는 듯한 눈빛으로 물었다.

"관계있는지 어떻게 알았어?"

"응. 사람을 잘못 봤다면 미안한데 사실은 그 사람과 많이 닮은 녀석과 이야기를 나눈 적이 있거든. 내가 한동안 학교에 안 왔을 때가 있었잖아, 미나미 선생님의 괴롭힘이 싫어서 학교에 올 수가 없어서 말이야. 이유도 없이 결석하니까 부모님한테 야단맞고, 그래서 집에 있기가 괴로워서 밖으로만 나돌았지. 뭐 밖이라고 해도 놀 돈도 없으니 늘 공원에 가서 시간을 보내거나 어슬렁어슬렁 산책이나 했어. 그러다가 우연히 자주 마주치는 녀석이 있었어. 나이가 비슷해 보이니까 어쩐지 그 녀석이 신경 쓰이는 거야. 늘 똑같은 체육복을 입고 있었거든. 자연히 얼굴을 익혔지."

"그래서 그 아이랑 얘기해 봤어?"

"아주 잠깐, 한 몇 분 정도 얘기해 봤어. 몇 번째 만났을 때였더라? 우연히 길에서 만났을 때 '너 나 따라다니냐?'라며 느닷없이 그 녀석이 말하는 거야. 무슨 말인지 모르니 대답도 못하고. '뭐?'라면서 허둥대니까 미행이 아니란 걸 알았는지 갑자기 친한 척하면서 자꾸만 말을 걸어오는 거야. '그럼 땡땡이치는 거잖아.' '다른 사람한테 들키면 위험해.' '재미있는 것 보러 안 올래?'라며 이상한 얘기만 하더라고. 좀 수상한 녀석이라고 생각해서 더 이상 상대하지 않았지만. 한창 이야기하는데 그 녀석이 한 손에 뭔가를 쥐고 있는 거야. 그게 아까 화면에 있던 동물 인형 같은 거였어."

거기까지 말하곤 키요미즈는 불쾌한 듯이 눈썹을 찌푸렸다.

"아마 그게 원래는 고양이 마스코트였던 것 같아. 여자 아이들이 휴대 전화나 가방 같은 데 달고 다니는. 그런데 그 녀석이 쥐고 있는 것은 처참한 꼴을 하고 있었어. 눈알은 없고 등에서 솜이 쑥 삐져나와 있고. 어린애가 장난으로 그랬다면 그럴 수 있다고 생각하지만 보통 중학생쯤 되면 절대 그런 짓을 할 리가 없잖아. 만약에 한다면 장난이 아니라 악의에 찬 행위지. 위험한 짓을 하지 않았다면 다른 사람에게 미행당한다는 생각도 하지 않을 테고."

맞는 말이다. 키요미즈가 느낀 것은 낱낱이 다 맞다. 이런 곳에 새로운 정보가 잠들어 있었다니 놀랍다.

"무슨 색이었니? 그 애 체육복 말이야."

"음. 분명 감색이었어."

"그 공원이 어디야?"

"모리시타, 네가 갈 생각이야? 가는 건 좋지만 제법 멀어. 외진 곳인 데다 그곳에 반드시 그 녀석이 있다고 할 수도 없고. 참, 그렇지. 그럼 이걸 줄게."

키요미즈는 한 번 더 가방 속에 손을 넣어 접힌 메모지를 꺼냈다. 받아 든 메모지를 펼쳐 보니 그건 손으로 직접 그린 지도였다.

"그 자식이 놀러 오고 싶으면 오라고 내게 준 거야. 자기 집이 아니라 은신처 같은 곳인가 봐. 평소에도 집보다 그곳에 있는 편이 많대. 안 오면 손해 본다며 싱글거리며 말했어."

"이거 내가 가져도 돼?"

"응. 내게는 아무 소용없어. 그런데 만약에 가려면 혼자서는 안 가는 게 좋을 것 같아. 위험해 보였어."

"알았어."

단 몇 분 사이에 엄청난 전개가 되었다. 인생이란 정말로 한 치 앞도 내다볼 수 없다.

키요미즈랑 헤어진 뒤 아사미와 즈카친의 모습을 찾으러 방과 후의 학교 안을 돌아다녔다. 없다. 전혀 찾아볼 수 없다. 그렇지, 옥상은 어떨까? 앗, 없다. 여기도 없다. 벌써 하교한 것 같다. 하는 수 없이 떨리는 손가락으로 휴대 전화를 들었다. 교칙 위반이니까 화장실에 몰래 숨어들어 가서. 즈카친 통화 지역 이탈. 아사미도 통화 지역 이탈. 쳇! 슈스케 씨도 연결이 안된다. 이런 중요한 순간에 두 사람 다 뭘 하는 거야. 아아, 잠깐. 안달하지 마, 나오미. 이 정보가 진짠지 아닌지는 확실하지 않잖아. 그냥 들었을 뿐이잖아. 그럼 지도 화면을 메일로 보낸 뒤에 나 혼자 조사해 보는 거야.

심호흡을 되풀이했더니 간신히 마음이 가라앉았다. 메일 전송을 마치고 학교 운동장으로 나가서 메모지에 그려진 지도를 다시 꼼꼼히 읽었다. 온통 생략된 길에 휘갈겨 쓴 복잡한 선. 은신처로 보이는 건물은 검게 칠해져 있고 '여기!'라고 써서 건물 밖까지 튀어나오게 붉은색으로 줄을 쳐 놓았다. 나는 '여기!'라고 쓰인 곳이 어디쯤일지 생각해 보았다. 상점가는 물론이거니와 우리 집 주변의 도로도 쌍안경으로 감시 활동을 하고 있던 덕분에 머릿속에 거의 들어 있다. 그런 것들의 지식을 이용해서 대충 시뮬레이션을 해 본 결과 은신처 위치가 희미하게나마 머릿속에 떠올랐다. 역 남쪽 주택가를 벗어나면 펼쳐지는 공장 지대. 미아가 되었던 내가 처참하게 걸어 다녔던 그 근처이다.

여기까지 왔으니 툴툴거리며 헤매고 있을 틈이 없다. 나름대로 머릿속에 있는 곳이란 걸 알았으니 마음이 든든해지고 내 토끼가 지금쯤 어떻게 되었을지 걱정도 되었다. 지금 시간이라면 저녁때까지 여유 있게 집에 돌아갈 수 있을 것이고 방과 후 외출 금지령에 걸릴 일도 없을 것이다.

나는 자전거를 타고 지도에 그려진 길대로 따라갔다. 상점가를 남쪽으로 내려간 뒤 역을 빠져나가 우리 집 가는 길과 정반대의 방향으로 달려서 만나는 첫 번째 모퉁이에서 오른쪽으로 꺾는다. 신호를 두 개 건너 그 다음 모퉁이를 왼쪽으로 돌고 또 왼쪽으로 돌기를 한 번, 오른쪽으로 돌기를 두 번. 그러자 불쑥 울타리가 길을 막았다. 미아가 되었을 때 이 길을 지나간 기억은 없지만 인기척이 거의 없는 삭막한 풍경은 많이 비슷하다. 버려진 송수관 더미와 지금은 사용되지 않는 급수 탱크. 예전에는 어떤 공장이었던 곳 같다. 출입구가 없는 것을 보아 아무래도 이 공장 부지의 뒤쪽인가 보다. 낡고 녹슨 철제 울타리 너머로 함석으로 두른 작은 오두막 같은 것이 오도카니 서 있는 것이 보였다.

저기다.

지도로 확인한 뒤 걱정이 돼서 다시 사진 촬영. 자전거를 길가에다 내버려 두고 나는 울타리를 뛰어넘었다. 그대로 오두막으로 다가가서 둘레를 휙 한번 둘러보았다. 산책길이나 공원에 있는 정자 정도의 크기이고 앞에서 보니 오른쪽과 왼쪽 벽 두 부분에 창이 나 있다. 안에 문풍지가 발려 있어서 오두막 안은 보이지 않는다. 창 아래에 '자재 두는 곳'이라고 적힌 판자가 널브러져 있다.

"실례합니다."

문 앞에 서서 소리쳐 보았다. 누가 나오면 길을 잃은 척하며 길을 물으려는 작전이다.

"실례합니다. 누구 없어요?"

계속 소리치는 동안에 해가 서쪽으로 기울어 주위가 어두워졌다. 서두르지 않으면 눈 깜짝할 사이에 어둠에 묻힐 것이다. 대답이 없으니 괜찮을 거라고 생각하고는 문고리에 손을 댔다. 문은 꼭 닫혀 있었지만 자물쇠는 아무 데도 없다. 힘을 살짝 주기만 했는데도 문이 스르륵 움직였다. 엄청 캄캄하다. 더불어 곰팡이와 먼지 냄새가 꽉 차 있다. 나무 바닥은 당장이라도 부서질 것처럼 약했다. 돌아서려고 뒷걸음치는데 발밑에서 이상한 감촉이 느껴진다. 위험해. 뭔가를 밟았다. 으윽, 뭐지? 이거 무지 크다. 나는 곧장 휴대 전화를 켜고 가까이 다가갔다. 발밑에 있는 물체가 전화기 조명에 비춰졌다. 눈에 들어온 것은 쓰레기용 반투명 비닐 봉투. 내용물이 꽉 차서 봉투가 빵빵하게 부풀어 있다. 코를 갖다 대고 냄새를 맡아도 음식 쓰레기 냄새는 나지 않는다. 봉투 주둥이가 묶여 있어서 비닐 안쪽을 만져 보았다.

물컹, 이 아니라 푹신, 인가? 물기 없는 가벼운 감촉. 전화기를 봉투에 바짝 대어 비추어 보고야 겨우 알았다. 봉투 안에 들어차 있는 것은 엄청난 수의 마스코트들이다.

판다, 기린, 곰, 뚱뚱한 애와 날씬한 애. 털이 긴 것과 짧은 것. 헝겊으로 만든 것과 그렇지 않은 것. 색깔도 크기도 재질도 모두 각각의 동물이 꽉꽉 들어차 있는 비닐 봉투 안에서 서로 밀치락달치락하고 있다. 인형 뽑기 마니아가 모은 수집품이라고는 생각할 수 없다. 텔레비전이나 잡지에서 그런 사람을 본 적이 있어서 아는데 하나하나 깔끔하게 보관해야만 진짜 수집품이다. 봉투 안에 꽉꽉 채워 두는 소홀한 관리는 아니다. 바로 이것은 연쇄 마스코트 사냥꾼의 전리품이다.

찾아냈다.

나도 모르게 손에 땀을 쥐고 중얼거렸다. 찾았어. 어떻게 하지? 아사미. 즈카친. 슈스케 씨.

19

　예상을 뒤엎는 전개에 나는 좀 혼란스러웠다. 의욕만으로 행동한 것이 실수였는지도 모르겠다. 한참 있으니 눈이 어둠에 조금씩 익숙해져 조명이 닿지 않는 곳도 희미하게나마 보였다. 오두막 안에는 침낭과 벗어 놓은 옷가지가 산처럼 쌓여 있다. 계단처럼 쌓여 있는 만화 잡지 주변에는 비닐 봉투와 빈 깡통이 여기저기 굴러다니고 있다. 아무튼 증거를 찍어 두자 싶어 휴대 전화를 만져 보지만 어두운 곳에서 하는 촬영 방법을 도무지 찾을 수가 없다. 주춤거리고 있는데 열려 있는 문 쪽에서 바람이 휙 불어왔다. 싸늘한 느낌이 들어 뒤를 돌아보니 아주 가까운 거리에 사람이 서 있었다. 중간 키, 중간 체격. 아래위로 낯익은 감색 체육복. 아뿔싸! 허둥지둥 휴대 전화 전원을 꺼 버렸다. 바로 앞에 있는 상대의 얼굴이 어둠과 뒤섞여 잘 보이지 않았다.
"넌, 누구냐?"
억양 없는 목소리가 불쑥 날아왔다. 깜짝 놀랐다거나 화가 났다거나, 그런 느낌의 목소리는 아니다.
"저기, 잃어버린 고양이를 찾고 있어요. 내가 잃어버린 고양이랑 닮은 고양이가 이 근처에 있다고 들었거든요. 내 멋대로 들어와서 미안해요."
준비해 둔 것도 아닌데 거짓말이 술술 나왔다. 됐어. 흥분된 목소리도 아니고 입술도 떨리지 않아. 발밑에 있는 봉투에도 전혀 눈을 주지 않는다. 남자 아이는 '아~아'란 태도로 나를 훑어보더니 팔짱을 끼고 있던 팔을 풀어 내렸다. 골똘히 생각하는 것 같기도 하고 지루해하는 것 같아 보이기도 했다. 어느 쪽이든 얼른 이곳을 빠져나가는 쪽이 좋다.
"실례 많았어요. 그럼."
하고 나는 문 쪽으로 갔다. 그것과 호응이라도 하듯이 남자 아이가 문득 입을 열었다.
"저쪽에 있을지도 몰라."

"예?"

"네가 찾는 것 말이야. 이 오두막 뒤쪽에 도둑고양이들 모이는 구덩이가 있거든. 집합소라고나 할까. 잘은 모르지만. 만약 괜찮다면 가 볼래? 바로 저기니까 내가 안내해 줄게."

"아, 그럼 가 봐요."

뭐야. 제법 친절하잖아. 그건 그렇고 그 말, 거짓말인데. 하지만 그렇게 대답할 수밖에 없잖아.

남자 아이는 발길을 돌려 문 밖으로 나갔다. 따라오라는 의미라고 생각하고 나는 남자 아이의 뒤를 쫓았다. 몇 분쯤 오두막에 있었는지 나도 잘 모른다. 동쪽 하늘에는 하얀 반달이 걸려 있다.

"이쪽이야."

오두막 뒤쪽으로 돌자 남자 아이는 발을 멈추고 키가 큰 잡초로 뒤덮인 쪽을 가리켰다. 분명 앞으로 가면 갈수록 땅이 낮아질 것이다. 무성한 잡초 안쪽을 살펴보아도 짙은 어둠만 있을 뿐이다.

"소리 내면 도망칠 거야. 네가 살짝 가 봐. 경사가 꽤 심해서 잘못하면 미끄러지니까 조심해."

남자 아이는 목소리의 톤을 낮추며 그렇게 말했다. 말은 나에게 하고 있지만 얼굴은 무성한 잡초 쪽을 향했다. 나는 그 애가 하라는 대로 천천히 걷기 시작했다. 길 잃은 고양이의 안부를 걱정하는 주인이 되어서.

"이쪽이 맞아요?"

"그래, 맞아. 그쪽."

"아무것도 없는데."

"좀 더 앞인가?"

경사가 심해서 균형을 잡을 수가 없다. 게다가 풀잎 끝이 얼굴에 닿아 따끔거린다.

나는 풀을 헤치면서 앞쪽을 살펴보았다. 살아 있는 생물체가 있을 것 같은 기색은 전혀 없고 고양이 모습도 보이지 않는다. 근처에 고양이 오줌 누는 곳이라도 있나? 그런데 나는 중요한 사실을 하나 잊고 있었다. 그렇다. 역시 잊었다. 언젠가 아사미에게 배운, 전쟁터에서의 기본 발 위치. 위급 시의 호신법. 도서관에서 빌린 호신술 책에도 씌어 있었지. 어떤 때도 절대로 적에게 뒷모습을 보여선 안 된다.

앞으로 내민 발을 멈춘 순간 주변이 조용해졌다. 동시

에 나의 고막에 희미한 물소리가 들리는 것 같았다.

물소리?

나는 기억 회로를 고속으로 회전시켜 보았다. 미아가 된 밤에 본 시궁창 그림이 재생되었다.

"아!"

불쑥 구두창 같은 것이 내 등을 세차게 밀었다. 나는 두 손을 버둥거리며 경사진 땅 아래로 처박혔다. 더럽고 차가운 시궁창에서 큰 물방울이 튀었다. 그랬다. 여기는 공장 배수가 흐르는 도랑이었다.

"우히히히. 꼴좋다."

웃음소리가 머리 위쪽에서 날아왔다. 울적해 보이던 좀 전과는 전혀 딴판으로 웃음을 터뜨리고 있다.

"거짓말이 어눌해서 말이야. 잘 속였다고 생각했냐? 하핫. 그런 곳에 도둑고양이 같은 게 있을 리가 없잖아. 머리가 나쁘군."

뭐야. 벌써 들킨 거였어. 그런 줄도 모른 멍청한 나. 그렇다고 이렇게 심하게 대하면 참을 수 없지.

"이 저질! 비겁한 짓 그만 해."

일어서서 내가 말했다. 교복은 흠뻑 젖었다. 머리까지

젖었다. 호주머니 안에 있던 휴대 전화도. 떠밀린 충격과 추위 때문에 살갗에 소름이 돋았다. 그래도 도랑에 거꾸로 처박히지 않은 게 불행 중 다행이다. 도랑 깊이는 허리까지 오지만 흐름이 그리 빠르지는 않다.

"비겁하다고 해도 좋아. 너도 어차피 그 패거리 중 한 명이잖아?"

"그 패거리라니? 그게 뭐야."

"시침 떼지 마. 나를 조사하고 다니는 패거리가 있다는 것쯤은 나도 알아. 정의의 편인 척하는 건지 뭔지 집요하게 쫓아다니잖아. 얼마 전엔 파파라치처럼 사진도 찍었지?"

"쫓겨 다니는 게 당연하잖아. 남의 물건에 손을 대니까. 내 토끼 내놔."

"뭐?"

"분홍색 토끼 인형. 헌책방 앞에서 훔쳤잖아?"

"아아, 그거, 네 거였나."

산뜻하게 인정하면서 녀석은 쓱 뒤로 물러났다. 도망쳤나? 아니, 여하튼 탈출하려면 이때다. 나는 물을 차면서 물가로 기어올라 가려고 했다. 뭔가 미끌미끌하고 경사가

져서 발이 걸리지 않는다. 잡히는 것은 오로지 잡초뿐이다. 이건 완전히 함정에 빠진 생쥐 꼴이다.

그러고 있는데 녀석이 다시 언덕 위로 나타났다. 도대체 뭘 하려고? 내가 턱을 뒤로 젖히고 보니 감색 체육복 소매를 걷은 팔 하나가 쭉 뻗어 나왔다.

"도와줄게. 미안했어."

녀석이 상냥하게 속삭였다.

"고, 고마워."

나는 녀석이 내민 손을 잡았다. 뭐야. 내가 생각한 것보다 악질은 아닌데. 그래, 범인도 인간이잖아. 서로 대화를 하면 이해될 것이다.

라는 평범한 기대는 진짜 더 이상 품지 않았다. 나는 머리 위에서 장승처럼 우뚝 버티고 서 있는 녀석을 힘껏 노려보며 무슨 일이 있어도 냉정하게 대처할 수 있도록 태세를 갖추었다. 실제로 녀석이 구원의 손길을 뻗은 일도 없었고 반성 따위 할 영혼이 아니라는 건 척 보면 안다.

첨벙!

뭔가가 내 머리를 스치듯 떨어졌다. 방금 녀석이 도랑

쪽으로 던진 물건이다. 비탈 위에는 마스코트가 들어 있는 쓰레기봉투 같은 실루엣이 보인다. 녀석의 손에 쥐고 있는 것은 아무래도 봉투 안의 내용물 같았다.

"무슨 짓이야!"

있는 힘을 다해 항의했지만 소용없었다.

"네 토끼 돌려줄게. 네가 직접 찾아."

말과 함께 마스코트들이 차례로 도랑가로 떨어졌다. 내 머리에 부드러운 것이 부딪치고 튕겨서 떨어진다. 머리 위의 적은 아무런 망설임도 없이 아주 천천히 던진다. 물에 잠긴 마스코트 몇 개가 물 위로 떠오른다.

"아하하하. 바보. 부디 너도 같이 빠져 죽어라."

좀 전과 다름없이 웃음을 터뜨리면서 녀석은 줄줄 이야기를 이었다. 아주 불쾌한 상대에게 뭐라고 마구 퍼부어 줄까? 나는 여느 때완 달리 맑은 머리로 오로지 그 생각만 했다. 이 최악의 사태에서 도망치고 싶은 마음을 버리고 먼저 눈앞에 있는 현실을 정확히 파악할 것. 독선적인 망상에 빠지는 것은 그 다음에 해도 된다.

전투 의사가 굳어지자 이상하게도 마음이 착 가라앉았다. 동시에 나와 대치하고 있는 적의 약점이 보였다. 야,

높은 데 서서 흠뻑 젖은 날 보고 있는 비겁자. 네가 왜 꼬였는지 그런 건 내 알 바가 아냐. 그렇지만 마음속까지 즐겁지는 않지? 켕기지? 그렇지 않다면 키요미즈를 친구로 받아들일 이유가 없잖아. 실제로는 고독하고 외로운 주제에 허세 부리며 웃고 있지. 너 자신의 문제를 모두 남 탓으로 돌리고 화내면서. 쉽게 말하면 화풀이지. 다른 사람의 주의를 끌기 위한 나쁜 짓. 너 너무 유치하고 여려. 예전의 나처럼.

"누가 죽는대? 이 바보야!"

내가 더 큰 소리를 지르며 마스코트 하나를 건져 적을 향해 던졌다. 안된다. 전혀 맞히지 못했다. 할 수 없이 또 하나. 그래도 전혀 맞히지 못해서 자포자기로 또 하나를 던졌다. 다섯 번째가 되자 나는 마침내 힘 조절 요령을 알았다. 처음으로 명중시킨 곳은 적의 오른쪽 옆구리 근처. 다음에 맞힌 곳은 왼쪽 가슴. 그 다음은 조금 더 위쪽. 하지만 그런 정도의 반격으로 기가 죽을 상대가 아니었다. 그러는 사이에도 마스코트들은 싸라기눈처럼 쏟아졌다. 검은 도랑에 색색깔의 꽃이 핀 것 같다.

"끝이 없군. 그만 정리하고 가야겠다."

녀석이 밉살스럽게 중얼거렸다. 두 손으로 봉투를 들고 뒤집어서 안에 남은 마스코트를 모두 버렸다.

"그만 해. 야, 그만 해."

주변에 울려 퍼지는 내 화난 목소리. 거기에 대답이라도 하듯이 어디서 많이 듣던 목소리가 들렸다.

"모리시타?"

즈카친이다. 아니, 한 사람이 아니다. 두 사람이 있다. 다리 네 개가 오두막 쪽에서 이쪽을 향해 다가온다.

"제길."

쫓는 자가 온 것을 알아챈 적의 기가 꺾인 바로 그 순간, 나는 온 힘을 다해 수십 번째의 공격을 했다. 물을 흡수해 무거워진 마스코트는 공중을 날아 녀석의 얼굴을 정통으로 맞힌 뒤 풀숲으로 떨어졌다. 힘차게 튄 더러운 물이 눈과 입 속으로 들어간 것 같다. 녀석은 캑캑 기침을 하면서 두 눈을 누르며 몸을 구부렸고 마침내는 비틀거리다가 놓친 쓰레기봉투 끝을 밟았다. 순간 주르륵 발이 미끄러져 몸이 크게 기우뚱거렸다. 맞혔다. 내가 마음속으로 박수갈채를 보내는 사이 녀석은 비탈길을 주르륵 미끄러져 내려와 머리부터 도랑에 처박혔다. 엄청난 물소리, 물보라! 도랑 밑바닥의 돌과 부딪치려는 찰나에 놀라서 몸을 바로 일으키려고 허둥대는 녀석! 어떻게든 녀석을 붙잡으려고 돌진하는 모리시타 나오미! 조금만. 조금만 더 가면 감색 체육복에게 손이 닿는다. 하지만 안타깝게도 잽싼 몸놀림은 상대가 한 수 위였다. 녀석은 순간적인 판단으로 자신과 함께 떨어진 봉투를 아래쪽으로 밀어 버리고 상류를 향해 도망치기 시작했다. 범인 체포와 인질 구출. 어떤 것을 우선으로 해야만 하나? 물 흐름을 거슬러 올라가는, 도랑 상류 쪽은 평소에 운동 부족인 나의 다리로는 불가능하다.

"즈카친! 아사미!"

나는 필사적으로 봉투를 잡고 외쳤다. 비탈 위에 사복 차림의 즈카친이 먼저 보였는데 즈카친은 두리번두리번 주변을 돌아본 뒤 도랑 속에 잠긴 나를 알아차렸다.

"어떻게 된 거야. 괜찮아?"

"나는 괜찮으니 어서 쫓아가. 마스코트 사냥꾼이 지금 저쪽으로 도망갔어. 지금 가면 붙잡을 수 있어. 어서 둘이서 쫓아가라니까."

말을 하고 있는데 비탈의 다른 쪽에서 아사미가 모습을 드러냈다.

"어서!"

내가 소리치는 것과 아사미가 비탈을 뛰어 내려와 강가에 웅크리는 것 중 어느 쪽이 먼저였을까. 아주 짧은 순간, 소수점 몇 초 사이의 사건이었다고 생각한다. 내 눈길과 아사미의 눈길이 정면으로 부딪쳐 불꽃이 치지직 튀었다.

이런 경우는 네가 먼저야!

머릿속에서 목소리가 났다. 기회주의자의 환청이 아니라 분명하게. 아아, 그렇구나. 왠지 나는 간단하게 그걸 이해했다. 눈동자 안쪽에서 흔들리고 있는 아사미의 마음.

나는 고개를 끄덕이며 승낙의 의사를 나타냈다.

"이런 경우엔 네가 먼저야."

아사미는 산뜻하게 그렇게 말하고 한 치의 망설임도 없이 내 옆으로 뛰어들어 왔다.

20

 그렇지만 그때부터 험난했다. 아사미에 이어 즈카친까지 강으로 들어와 마스코트 구출 작업을 시작했기 때문이다. 강 위로 떠오른 것들과 강 아래에 가라앉은 것들을 건져 올려 봉투에 다시 담고 또 건져 올려 봉투에 담았다. 떠내려 간 것을 구출하는 것은 무리였지만 어쨌든 모두 힘을 합쳐 할 수 있는 만큼은 다 했다.
 "다행이야. 이리로 올라갈 수 있겠다."
 하류로 향하던 즈카친이 콘크리트 계단을 발견한 것은 행운이었다. 드디어 도랑에서 올라왔을 때 흐물흐물해진 구두를 벗었더니 5센티미터 정도 되는 붕어 사체가 굴러 나와서 깜짝 놀랐다.
 "미안해. 이렇게 되기 전에 달려오고 싶었는데. 영업부장 아저씨가 병원에 입원했다는 말을 듣고 방과 후에 둘이서 병문안 갔었어. 그래서 휴대 전화 전원을 껐다가 병원을 나와 한참 뒤에 메일이 온 것을 알고 서둘러 이쪽으로 온 거야."

허리까지 젖은 청바지 끝단을 둘둘 걷어 올리면서 즈카친이 말하자,

"우리 오빠는 오빠대로 오늘은 우리 집에 틀어박혀 보고서를 쓰고 있어. 바쁜데 방해하면 안 될 것 같아서 말도 안 하고 먼저 즈카친과 둘이서 여기까지 상황을 보러 온 거야. 네가 보내 준 화면이 너무 흐린 데다 설명도 없지. 무슨 일인지 전혀 알 수가 없었어. 희미한 지도와 오두막 사이에 도대체 무슨 관계가 있는지 이해할 때까지 쓸데없이 시간만 허비했지."

아사미는 투덜거리면서 질렸다는 듯이 어깨를 으쓱였다. 그렇게 말해도 진심은 그리 기분 나빠하지 않는 듯하다. 나는 여유 있게 웃으며 두 사람의 말을 듣고 있었다. 흠뻑 젖은 덕분에 오히려 배짱이 생긴 것 같다. 수다를 떨면서 세 사람이 향한 곳은 우리 집.

왜냐고? 이유는 간단하다. 우리 집이 그곳에서 가장 가

까웠기 때문에.

"다녀왔습니다!"

나는 현관문을 열고 힘차게 말했다.

"왜 이리 늦었니. 무슨 일이야?"

부엌에 있던 엄마가 복도를 따라 다가오다가 깜짝 놀라 딱 멈추었다.

"어디서 똥 냄새가 나."

엄마 뒤를 따라 복도에 나오던 유타도 엄마랑 똑같은 반응을 보였다. 그도 그럴 것이다. 교복 차림의 나는 물에 빠진 생쥐 꼴이지 뒤에 서 있는 두 사람 가운데 한 사람은 아주 짙은 금발이고 남은 한 사람은 정체불명의 음식물 쓰레기봉투를 들고 있다. 우리는 벌써 익숙해졌지만 아마 주위 사람들에게는 강렬한 시궁창 냄새가 진동할 것이다.

"근처 도랑에 떨어졌어. 샤워 좀 하려고. 아, 미안하지만 그 전에 수건 좀 갖다 줄래?"

놀라 어안이 벙벙한 우리 두 가족은 상관하지 않고 내가 말했다.

"죄송합니다."

"안녕하세요!"

뒤의 두 사람이 인사를 하자 엄마는 어색하게 꾸민 웃음을 지었다. 그 틈에 나는 집 안으로 들어가 멍하니 즈카친과 아사미를 보고 있는 유타에게 말했다.

"내 친구들. 불만 있어?"

그날 나는 두 사람에게 할 이야기를 모두 다 했다. 노노무라가 우리들 관계를 오해한 일. 오해를 부른 원인은 내 태도에 있었던 일. 오해가 풀린 그 뒤의 일은 생각하지 않기로 했다. 결과를 걱정해서 제자리걸음 한다면 한 걸음도 앞으로 나아갈 수 없다. 당연히 다음 날 아침, 승강기 입구에서 노노무라를 기다렸다가 나와 즈카친과 아사미와의 관계에 대해서 자세한 설명을 했다. 노노무라는 이야기를 다 듣고 잠깐 말을 잇지 못했지만 역시 문예부장이라 이해해 주었다.

이걸로 무사히 한 건 해결. 아니지, 아니야, 그럴 리가 없지. 구출한 마스코트의 숫자, 무려 157개. 그 가운데 물로 씻거나 말리거나 혹은 조금의 수선이 필요한 것들이 약 3분의 1. 나는 즈카친, 아사미와 함께 마스코트를 되살리는 작업을 마치고 마스코트들의 사진을 실은 전단지를 여기저기 뿌리고 다녔다.

이 아이들의 원래 주인과 양부모를 찾습니다!
마음에 짚이는 데가 있는 분, 또 흥미를 느끼시는 분,
아래 전화번호로 꼭 연락해 주십시오.
090-****-****

그 결과 무사히 맡을 사람이 나타난 것은 62개. 덧붙이자면 내 분홍 토끼도 그 숫자 안에 포함되어 있다. 남은 95개에 대해서는 내가 살고 있는 맨션 자치회에서 하는 연말 바자회에 내기로 했다.

"그런데 어떻게 이렇게 많이 사냥했냐. 그 자식, 갈빗대 한 대쯤은 각오해야 할걸."

아사미는 손가락을 딱딱 꺾으면서 변함없이 의기양양해했다. 그 기백에 질렸는지 아니면 단순한 휴전인지 마스코트 사냥은 은신처가 발각된 뒤로 멈춰졌다. 그렇다고 해서 상점가가 평화로워진 것은 아니다. 스프레이 갱 항쟁은 다시 격렬해지고 게임 센터의 출입 금지 종이도 더불어 늘었다. 할아버지가 경영하던 헌책방이 문을 닫은 것은 세상이 크리스마스 분위기에 젖기 시작한 바로 그즈음이었다.

"왜 그런지 요즘 들어 목 상태가 이상해, 감기 걸렸나?"

즈카친이 불쑥 중얼거린 것도 마침 그때였다고 생각한다. 그런데 열은 없고 보기에도 팔팔해서 특별히 걱정할 필요는 없을 것 같았다. 그로부터 얼마 안 있어 즈카친의 목소리가 갑자기 나오지 않더니 며칠 뒤에 돌아온 목소리는 아주 굵어졌다.

"벌 받았나 봐. 술 취한 아저씨한테 박치기해서. 역시 그때 폭력을 쓰지 말았어야 했어."

즈카친은 당장이라도 자살할 것 같은 얼굴로 호소했다. 절대로 박치기 때문에 목소리가 바뀐 것은 아니라고 생각하지만.

"괜찮아. 즈카친이라면 꼭 멋진 아버지가 될 거야."

"울지 마. 즈카친. 누구나 싫어도 성장해. 올바른 품성을 몸에 익힌 어른이 되면 되잖아."

"그래, 그래. 나도 처음 생리했을 때 무서웠어. 지금은 아무렇지도 않지만. 그치?"

"그래. 진짜 그건 기죽어."

나랑 아사미는 번갈아 가면서 즈카친을 위로했다. 위로가 됐는지 아닌지는 좀 자신 없지만. 즈카친은 엄청난 소리를 내면서 휴지로 코를 풀고 난 뒤, 빨갛게 부은 눈으로 나랑 아사미를 쳐다보며 말했다.

"만약에 말이야. 만약 이대로 내가 계속 성장해서 털투성이 사내가 되어도 사이좋게 지내 줄 거지?"

"당연하지."

"진짜? 사내 말이야, 목울대가 툭 튀어나온."

"그래. 그런 것에 신경 안 써."

"여름엔 정강이 털이 지저분하고."

"겨울엔 따뜻해서 좋잖아?"

"배꼽 털이 나올지도 몰라."

"그만 해."

나랑 아사미가 웃는 걸 보고 겨우 안심한 것 같다. 즈카친은 손수건을 주춤주춤 꺼내 눈물을 닦았다.

귓가를 스치는 바람이 차가워졌다.

"이제 그만 갈까?"

아사미가 말하자 치맛단이 뒤집힌다. 찬바람 부는 한겨울의 하늘이 참으로 파랗고 맑다. 그렇다. 우리가 지금 서 있는 곳은 학교 옥상이고 지금은 쉬는 시간이다. 당연히 망상 같은 건 아니고 백 퍼센트 현실이다. 나는 고개를 끄덕이며 즈카친과 함께 걷기 시작했다. 호주머니 안에 들어 있는 것은 『더럽혀진 슬픔에』. 슈스케 씨가 폐점 세일하는 헌책방에서 산 책들 가운데 한 권을 아사미를 통해 준 것이다. 좋은 시를 읽은 덕분인가. 이제 뭔가 쓰고 싶다는 기분이 든다. 쓰고 싶은 것이 씌어질 것 같은, 그런 예감이 막 밀려든다.

"누나, 좀 변했어. 요즘은 굉장히 느낌이 좋아. 그런 사람이 쓴 것이라면 읽고 싶은데."

아이고, 고마워라, 동생아. 누나도 노력해 보마. 네 기대에 부응할 수 있을지 없을지는 모르지만, 말하고 싶은 것이 아무것도 없어서 난처한 일은 이제 없을 거야. 지금 내 가슴은 생각으로 넘쳐흐르거든. 친구들에 대한 생각, 가족에 대한 생각, 지금까지 보지도 않았던 사회에 대한 생각. 잘 부탁해, 즈카친을, 이라고 아사미가 말했던 것처럼. 아사미를 잘 부탁해, 라고 즈카친이 말했던 것처럼. 우리들을 잘 부탁해. 이게 방금 머리에 떠오른 구절이야. 두 사람과 나란히 옥상 난간을 잡고 도로의 이쪽, 저쪽으로 펼쳐진 거리의 풍경을 둘러보면서 말이지.

옮긴이의 글

분명 저에게도 중학생 시절이 있었건만 요즘 중학생들을 보면 어쩐지 저는 그런 시절이 없었던 것 마냥 한숨만 나옵니다. 뉴스에서 나오는 공부에 찌들린 아이들이거나 지하철에서 지나치는 상스런 소리를 입에 달고 있는 아이들만 보았기 때문입니다.

어른들이 기대하는 초롱초롱한 눈동자와 건강한 웃음, 꿈을 이야기하는 아이들을 제 주변에서는 거의 본 적이 없었던 것 같습니다. 실제로 중학생을 접할 기회가 거의 없기 때문이기도 합니다.

그러다가 오랜만에 재미있는 작품을 읽었습니다.

『우리들을 잘 부탁해』. 이 책의 원제는 『3년 딸기(サンネンイチゴ)』입니다.

3년이라는 시간이 상징하듯이 뭔가 인고의 노력 끝에 얻게 되는 조금은 지루한 교훈적인 이야기이겠구나 생각했는데 웬걸 전혀 다른 이야기였습니다. (뭐 물론 깊고 깊은 뜻은 그런 것도 있겠지만.)

천상천하 유아독존 울트라 중학생급 파이터이며 학교 내, 아니 학군 내에서도 유명한 문제아인 시바사키 아사미와 지극히 평범하다 못해 존재감조차 없을 정도로 품행이 방정한 모리시타 나오미. 이 둘을 연결시켜 주는, 마초 같은 아버지의 영향으로 어른이 되는 게 두려운 즈카친. 이들이 벌이는 전혀 중학생스럽지 않은 발칙한 이야기입니다.

청소년용 성장 소설은 자신의 내면을 들여다보고 아픔을 치유하는 작품이 많은데 반해 이 작품은 나와 내가 속한 사회에 문제 의식을 갖고 관여하면서 자신들의 아픔이 치유되어 가는 점이 흥미롭고 참신했습니다.

저는 개인적으로 우리 중학생들도 이랬으면 좋겠다고 바랍니다. 공부밖에는 아무것도 못하는 아이들이 아니라 혹은 공부를 못하기 때문에 학교에서 소외되는 아이들이 아니라 내가 속한 사회 공동체가 어떤지 그것에 대해 진지하게 생각하고 행동할 수 있는, 물론 나오미처럼 무모하게 준비도 없이 '마스코트 사냥꾼'을 상대해서도 안 되겠지만, 관심을 가지고 살 수 있을 만큼 여유를 가질 수 있기를 바랍니다.

저는 이 작품을 쓴 사소 요코의 작품을 개인적으로 참 좋아합니다. 그래서인지 벌써 『우리들을 잘 부탁해』가 세 번째 번역 작품입니다. 그의 작품을 번역하면서 늘 느끼는 것이지만 작품에 나오는 아이들이 이분화된 잣대이거나 기성화된 잣대로 그려져 있지 않으며 늘 유머를 잃지 않으면서도 쿠~울해서 좋습니다.

제 주변에서도 흔하게 이런 아이들을 볼 수 있기를 바라면서 끝으로 책이 출간되기까지 애써 주신 생각과느낌에 감사드립니다.

이경옥

10.
나를 찾아가는
징검다리 소설

우리들을 잘 부탁해

초판 인쇄 | 2008년 4월 1일
초판 발행 | 2008년 4월 10일

지은이 | 사소 요코
옮긴이 | 이경옥

펴낸이 | 황호동
편집 | 장희진
디자인 | 큐리어스 권석연
펴낸곳 | (주)생각과느낌
주소 | 서울 마포구 서교동 395-180 서주빌딩 401호
전화 | 335-7345~6 팩스 | 335-7348
전자우편 | tfbooks@naver.com
등록 | 1998.11.06 제22-1447호

주문처 | (주)북센(일원화공급처)
전화 | 031-955-6777, 6789 팩스 | 031-955-6663

ISBN 978-89-92263-05-4 (43830)